《读者·原创版》
编辑部◎编

记得早先

少年时

〔青春成长〕

甘肃文化出版社

图书在版编目（CIP）数据

记得早先少年时 /《读者·原创版》编辑部编. ——
兰州：甘肃文化出版社，2018.12
ISBN 978-7-5490-1744-7

Ⅰ. ①记… Ⅱ. ①读… Ⅲ. ①散文集－中国－当代
Ⅳ. ①I267

中国版本图书馆CIP数据核字(2018)第297549号

记得早先少年时

《读者·原创版》编辑部 | 编

责任编辑	史春燕	
责任校对	党　昀	
封面设计	马顾本	

出版发行	甘肃文化出版社
网　　址	http://www.gswenhua.cn
投稿邮箱	press@gswenhua.cn
地　　址	甘肃省兰州市城关区南滨河东路520号 | 730000（邮编）

营销中心	王　俊　贾　莉
电　　话	0931—8454870　8430531（传真）

印　　刷	北京温林源印刷有限公司
开　　本	800 毫米×1100 毫米　1/32
字　　数	132 千
印　　张	7.25
版　　次	2018 年 12 月第 1 版
印　　次	2019 年 1 月第 1 次
书　　号	ISBN 978-7-5490-1744-7
定　　价	29.80 元

当我再弹起木吉他

轻唱四季变化

你还会不会再用你的长发

来慰藉我的青春年华

你 在 身 边 ， 你 是 一 切 。

你 不 在 身 边 ， 一 切 是 你 。

聆听 心灵 的 声音

我努力想演奏出

世界上最美

的音乐

目　录

夜色里垂钓

一幕幕往事被摊开

一件件心事已了然

青春是一条河，
我们是河中的鱼。

我们之所以

觉得悬崖上的花朵美丽

那是因为

我们会在悬崖边停下脚步

有人希望我活在痛苦里，但我没有

郑晓蔚

"我儿子在这里全心全意投入了8年，付出了全部。他并不懦弱，只是做出了对他来说最好的选择。"

2017年6月，杜兰特捧起了NBA总冠军奖杯，以及属于他个人的总决赛"最有价值球员"奖杯。为了赢得冠军，杜兰特付出了太多心血，背负了太多骂名。

他只是决定换个工作

自从去年离开效力了8年之久的"雷霆"队之后，杜兰特便被人们无休止地吐着口水。愤怒的"雷霆"队球迷撕烂了印有他名字的"雷霆"队球衣并当街焚烧，将这位昔日球队"老大"视为"叛徒"。中立的球迷则讥笑他为"懦夫"，因为他将要投奔的"金州勇士"队，在2016年淘汰了"雷霆"队。

"打不过他们就加入他们，杜兰特是软蛋。"这种刺耳的嘲讽充斥着球迷论坛。

但杜兰特只是想要一个冠军。作为超级巨星，他已经29岁了，而前东家并不具备夺冠的实力。

"我知道许多人说我作弊、抄捷径，但我还是原来的杜兰特。我一直努力训练，认真对待篮球。"

杜兰特已经准备好应对这个不友好的世界。

"这一年，我所做的一切都将被放在显微镜下挑刺。我感觉无数人都在等着看我的笑话，无论场上场下，他们都在幸灾乐祸。"

他只能从母亲婉达那里得到理解和支持。婉达一边为儿子打气，一边在推特上跟嘲讽杜兰特的球迷打口水仗："我儿子只是决定换个工作，仅此而已。"

嘘声比我预料的还要小一些

敌对的情绪在2月达至顶点——杜兰特首次代表"勇士"队回到俄克拉何马打比赛，即将面对他的老东家。

"雷霆"队的主场拥入达到峰值的18203名观众，门票均价被炒到了397美元，很多人买高价票进场只是为了嘘杜兰特。

为了保证杜兰特的人身安全，"勇士"队将安保人数增加了3倍。杜兰特做了最坏的打算。由于害怕母亲受到伤害，杜兰特建议她不要陪同自己前往俄克拉何马。

但婉达拒绝了儿子的好意，坚持陪同，这让杜兰特特别感动。

最终，"勇士"队在客场以16分的优势大胜"雷霆"队，杜兰特拿下34分。结果似乎证明杜兰特的选择是明智的，"勇士"队确实有夺冠的实力——这让"雷霆"队球迷更加丧失理智。他们发出巨大的嘘声，球场里充斥着刺耳的谩骂声。球迷高举"懦夫""软蛋"的标语，羞辱杜兰特。

这样的举动让在场的婉达寒心落泪。

"我儿子在这里全心全意投入了8年，付出了全部。他并不懦弱，只是做出了对他来说最好的选择。"

杜兰特则安慰母亲说："嘘声比我预料的还要小一些。我现在成为他们的对手，他们肯定会嘘我的，我必须接受这一切。"

有人希望我活在痛苦里，但我没有

杜兰特是在2016年7月宣布离开"雷霆"队的。在新东家"勇士"队的训练营，教练们说杜兰特有点儿紧张和不安，就像是刚到一所新学校的孩子一样。

"勇士"队的训练馆里有一个四面篮筐，队内三大巨星各用一面，剩下的一面给其他球员用。初来乍到的巨星杜兰特没有专用篮筐，只好跟替补球员共用一个。

作为昔日雷霆队的头号球星，杜兰特并不介意，他不希望任何人为他退让，更不希望破坏团队的气氛。适应期是无可避免的，"勇士"队和"雷霆"队的训练氛围差别非常大。在"雷霆"队，他是领袖，没人可以挑战他的权威；在"勇士"队则不然——他只是一个新人。在研究录像的时候，"勇士"队的教练总是按下暂停键并毫不客气地指出他的问题："杜兰特，你又站着不动了。"

在"雷霆"队，队友总会把球传给他，但在"勇士"队，他必须帮队友做掩护，甚至主动去要球。

杜兰特请"勇士"队助教弗雷泽喝酒聊天，而在"雷霆"队，他从没跟教练有过推心置腹的交流。

"做出转会的决定之前，我真不知道会发生什么。"他对弗雷泽坦诚，"现在想想真的有点儿后怕，好在事情的进展比我想象的顺利。"弗雷泽回以真诚的微笑。

"我知道有人希望我活在痛苦里，但对不起，我没有。"

履行对母亲的承诺

一年前，杜兰特还是另一座城市的宠儿。他带领"雷霆"队前进，并在2014年获得NBA"得分王"与常规赛"最有价值球员"两项殊荣。那一年的颁奖日恰逢母亲节，杜兰特在发表获奖感言时表达了对妈妈的感激之情——"我要特别感谢我的妈妈。妈妈，估计你已经忘记了自己为我们付出了多少，但是我一直记得。一个当年只有21岁的单亲妈妈，带着两个孩子。所有人都指责你，认为我们是累赘。于是，你带着我们不停地搬家，从一所公寓搬到另一所公寓。当我们搬到第四所公寓时，发现屋里没有床，没有家具，我们只能蜷缩在一起。但那时我知道，我们不用再搬家了，因为没人会租这儿，不会再有人撵我们，那是我最幸福的时刻。如今，当我衣食无忧，我还是会回去看看，告诉自己是妈妈让我走到了今天。我本不应该站在这里，是你让我一直保持信念，不至于流落街头。你把仅有的一点儿食物都留给了我们，自己每天饿着肚子睡觉。为了我，你牺牲了太多，你才应该获此殊荣！"

演讲结束，杜兰特掩面而泣。全场起立，向杜兰特的妈妈鼓掌致敬。

杜兰特的获奖演说让全世界为之动容，他的母亲独自抚养两个儿子长大的故事最终被改编成了电影《婉达的故事》。

说起这部电影，婉达依然恍如做梦。"我从没奢望过自己的故事会被拍成电影，我很感恩，因为我的故事非常普通；我很幸运，因为有机会促使全社会关心单亲妈妈。"

21岁时，婉达在华盛顿生下了杜兰特，此时他的哥哥刚满两岁。

在杜兰特8个月大的时候，他的父亲抛弃了这个家，照料两个孩子的重担落在了婉达一个人身上。杜兰特从此随了母姓。

即便生活拮据，婉达仍倾其所有确保杜兰特拥有快乐的童年生活。她为杜兰特报了篮球训练课，每天下了班，不管多么疲惫，她都会去训练馆看儿子打球。

8岁时，人小鬼大的杜兰特突然告诉婉达："妈妈，我想成为最优秀的篮球运动员。"婉达又惊又喜，尽管薪水微薄，她还是决意为儿子请一名私人教练，杜兰特由此开始了严酷的篮球特训。

杜兰特玩命练球，渐渐在社区打出了名堂。有小伙伴邀他去打野球，一场能挣几百美元。杜兰特非常心动，觉得这样可以帮妈妈分担生活压力。但妈妈坚决不允许他去，她害怕杜兰特染上街头篮球不良的社会习气。无论生活多么艰辛，婉达都不让他操心家事，只需专心训练。

在妈妈艰辛地守护下，杜兰特的球技突飞猛进，最终登上了NBA的赛场。

29岁，杜兰特兑现了对妈妈的承诺：赢得总冠军，成为最好的球员。

我不想过半价的人生

孙晴悦

亲爱的你，与其三十多岁才感叹生活的残酷，不如二十多岁就早早认清现实。

一

我住过青年旅社。

20岁出头的那些年，是我最热爱青年旅社的时候。在那些布置温馨的青年旅社里，永远有热情的话痨，可以一起聊天儿到凌晨；也永远有沉默的男生或女生，一个人，一杯酒，一本书，窝在沙发里，待上一整天。

去欧洲，办一张青年卡，无论是去博物馆还是坐火车都心安理得地享受着优惠，然后住在青年旅社里，睡上下铺，和来自世界各地的年轻人一起谈天说地，放声大笑。

和金色头发的东欧男生一起研究马德里错综复杂的地铁路线，不记得倒了几趟地铁才最终到达了伯纳乌，去看我们热爱的那一支球队；去米兰的二手货集市，看那些一个世纪前的发饰、手镯，乐此不疲地流连于一个又一个的小摊，到天黑也不觉得饿，在街头匆匆吃下一块冷比萨，觉得这一天物超所值；在东南亚青年旅社的厨房里，放着从市场里买来的海鲜和其他食材，飘着各式咖喱的味道，饭友们交流着哪个老板卖的海鲜最新鲜，要几点钟去光顾那个不肯讲价、总是早早收工回家，却卖着市场上最新鲜螃蟹的老头的鱼摊。

这些热气腾腾的生活，在20岁出头的我们看来，是多么令人向往，同时也让我们沉醉其中。

我们理所当然地享受着学生票的优惠，心安理得地挤在热热闹闹的青年旅社里。我们认为世界是如此美好，生活是如此精彩。

我们以为，生活会像青年旅社里的氛围一样，永远热闹下去。不管在世界的哪个角落，永远有几十美元一晚的床铺，大堂里永远有免费的咖啡。我也曾经以为，这样的日子会一直存在，我们可以永远这样过下去。

二

去埃尔卡拉法特前，我和琳达照例在网上搜索便宜的青年旅社——看哪一家晚上的party最为热闹，哪一家酒吧有最棒的爵士乐。到了那儿以后，照例有干净的床铺，有趣的年轻人，大堂的墙壁上写着各国语言，留言簿上满满洋溢的都是快乐，我们却觉得一切不像以前那么有趣了。

也不知道是为什么。

并没有某一个节点，某一件具体的事情，好像突然就有些厌倦这样的热闹了。出游的时候，我们不想在街头胡乱吃一口冷比萨；也不想在洗澡还得等半天的青年旅社里将就了；那些红头发、金头发的男生们耍个帅，我们也觉得没意思了；看着厨房里那些奔忙的小厨娘们，我们不再觉得这样的生活热气腾腾了；年轻人们在青年旅社的大堂里、吧台上说的那些话题，我们也觉得不好笑了。

想起一个著名的故事——两个过了30岁的女人去吃牛肉面，因为牛肉面里的牛肉太少和餐厅老板争执起来。"怎么只有这么几块牛肉？12块钱一碗，你还偷工减料！"其中一个女人越说越激动，竟哭了起来。有一个年长的人给她递了一张纸巾，说："一碗牛肉面而已，不至于。"

她抹着眼泪说："我不是哭这个，我难过的是我已经30多岁了，还因为几块牛肉跟别人斤斤计较，这根本不是我想要的人生啊！"

我一直都觉得这个故事真实得可怕，细想让人恐惧。

我们每个人都或多或少、或早或晚地经历过这样的时刻——年岁渐长，却并没有什么本事傍身，内心深感焦虑，或者说绝望。有时候，这只是我们一瞬间的感受，当时的我们并没有如这个女人般彻底地表达出来。

那一次，在埃尔卡拉法特的青年旅社里，我不小心把窗帘扯了下来，本来就小的房间里立刻变得一片狼藉，我们并没有像20岁出头那样一笑而过。

琳达对我说，这是我们最后一次住青年旅社了。

这应该是最后一次了。

三

我们不能永远都是一个穷游者，不能永远住在青年旅社里。这和钱有关系，也没关系。

年轻的时候，没有比贫穷更理直气壮的事了，我们坐着打折的公交车，看电影买学生票，但是我们总有一天是要长大的。

你可以办一张假学生证，继续享受优惠的人生，也许卖电影票的大妈看不出来那张学生证是假的，依然给了你一张半价票，但是你骗不了自己。你不能在40岁的时候，还拿着假学生证看电影；你也不能在40岁的时候，带着一家老小一起住青年旅社，和满脸青春痘的男生挤一个大通铺。

很多人问，为什么长大以后，才发现生活如此残酷：房价是那么高，工资是那么少，手头的工作永远都在机械地重复，永远看不到尽头。那些当初我们高谈阔论的理想，那些我们在青年旅社里畅想的未来呢？为什么长大以后，身边的朋友渐渐变少了，为什么青年旅社里那些彻夜狂欢的日子在冰冷的现实生活中，显得那么不真实呢？

因为我们都是拒绝长大的孩子。

我们找不到好工作，就说算了，工作那么苦，还赚得那么少，我还是读研吧。那一刻，我们抱怨的是工作难找，而不是自己无能。

我们30岁的时候去旅行，看着四星级、五星级的酒店那么贵，自己的工资那么少，就说算了，将就将就，还住青年旅社吧。那一刻，我们抱怨的是酒店贵，而不是自己赚得少。

亲爱的你，与其30多岁才感叹生活的残酷，不如20多岁就早早认清现实。

办理欧洲青年卡的年龄限制是30岁，也就是说，30岁以后，你就不能再让社会宽容你的贫穷了。

我不是要你拜金，要你必须住星级酒店，而是想让你早早意识到，人在每个年龄段都有要承担的责任，而每个人都得有自己的担当。

那个抄金庸小说的男孩

王廷鹏

这些文字里的世界和现实的世界不断重叠，让我们的世界变得开阔而美好。这才是一个语文老师应该做的事情。

一

12年前，我在一所中学当班主任，带一个美术特长班。

班里有个"睡仙"，每天准时到校，上课睡觉，放学后满血复活。大家相安无事。

语文课是我这个班主任上的，他多少会给我点儿面子，睡姿很隐蔽。我曾说过，语文课上有人睡觉，是语文老师的耻辱，说明老师讲的内容不吸引人。但凡事都有例外，我就算在课堂上讲出花来，他都无动于衷。

多年后，我的一个学生对我说，她从来没有听谁的语文课听得那么开心，除了我。但我记着的是，那节课我精心准备，讲了好多段子，这位"睡仙"仍然安静地睡着，好像是为了表示对我的尊敬，他没有打呼噜。

只有使绝招了——请家长。请来家长，我只让他们做了一件事：给自家孩子买套《金庸作品集》。

我给"睡仙"布置任务：从《射雕英雄传》开始，每天最少看50页，多看不限，看完就可以睡觉。我相信一定有一些孩子是对人生道理免疫的，但没有人不喜欢听故事、看故事。

刚开始他读得很艰难，看他每天对着《射雕英雄传》打瞌睡，我掐死他的心都有，觉得自己对不起金庸。但没过多久，他就被故事吸引了。每天按时读完布置的页数，来办公室给我讲当天看的故事内容。然后，有一天，我发现他上英语课的时候，竟然没有睡着，而是盯着黑板。

问他是不是对英语课有兴趣了，他说："别多想，我就是在想，黄蓉到底长什么样子，然后看英语老师两眼，对比一下。"

他读完了《射雕英雄传》，问我下一本读什么。我问他，读完这部小说有什么感想，他支吾了半天，说了一句："郭靖有些可怜。"我心里一动，觉得这是一件好事情。我告诉他，下一部开始看《神雕侠侣》，但是，看小说的"游戏"要升级了。

我找来一本崭新的作文本，给他布置任务："从今天开始，每天定量抄写《神雕侠侣》，最少抄5页。"他小声问我："你的意思是……抄完这部小说？"我得意地点了点头，告诉他："莫慌张，这种事情不疯狂，老师我当年也干过……"

二

17年前，我正在准备高中第5年的生活。

又一次备战高考。老师们用来"打鸡血"、鼓劲的段子我早已听熟了，人正处在宝贵的迷茫期，揪着头发背单词，假装听数学课，和同学打赌历史书哪一页的脚注里写了什么内容，语文课则完全不想听。

那是挺危险的一个时期。遥远的大学有多好，是身边的亲戚朋友描述给你的，但他们都没上过大学。老师的苦口婆心显得很幼稚，现在想起来，其实是自己幼稚。

但总得在语文课上干点儿什么吧？又一次一起奋战高考的好友原振侠一脸慵懒，无心做题，却在看书，我凑过去一看，原来是《笑傲江湖》，问他这是干吗，他说："左右无事，索性温习一下。"

嗯，这是一件正经事！

我在书兜里乱翻，找出来一本《神雕侠侣》。我看书向来粗疏，不及原振侠读得精细，为了让自己在这段危险的岁月里能尽快静下心来，我把心一横，抄！反正金庸的文字那么好。

有大半个学期，我白天在语文课上熟读一段《神雕侠侣》，晚上回家再一笔一画抄写。那段时间，我重新认识了郭靖、黄蓉、杨过和小龙女。刚开始，我不理解洪七公和欧阳锋这种一生的仇人，怎么就能在华山之巅尽释前嫌、相拥而终。我隐约觉得，这是我干枯拘束的人生无法触碰的高度，我心里开始挣扎，想去靠近他们。

因为白天已读过了，抄写的时候就开始琢磨人物和人物之间的关系。书里的人物从故事里脱离出来，我开始揣摩他们的心事。到了最后，我甚至开始思考和怀疑他们的人生，思考金庸到底是出于什么目的，如此对待笔下的一个个人物。他是在安排人物的命运，还是被这一帮人裹挟着一起前进。

我还记得，在抄到"情是何物"那一章时，杨过痴痴地盯着崖壁上用剑刻的两行字："十六年后，在此重会，夫妻情深，勿失信约。"这个原本很熟悉的情节，突然变得陌生了。我开始为杨过担心。粗略估算一下，他当时也就是不到20岁的样子，跟当时的我同龄。

这是我第一次开始认真为一个书里的人物担心，这种担心，预示着我不再放肆地生活在这个世界上了。我开始通过书，和这个世界产生瓜葛。

我不能想象杨过之后的16年要怎么过，他会有什么样的未来。我甚至想，如果金庸就此把小龙女埋葬在山崖之下，变成杨过一个人孤苦余生，这个故事说不定就会变成一部杰出的悲剧。

三

通过一个故事、一篇文章，甚至是一首诗，培养学生对人生的思考，不只关注眼前的衣食住行和未来的福禄寿喜，还要关注人生本身，在阅读、思考、感受文字里的人生时，不断反顾自身，去向往更广阔的人生，对更细微的世界产生兴趣。这些文字里的世界和现实的世界不断重叠，让我们的世界变得开阔而美好。这才是一个语文老师应该做的事情。

后来，我也不知道那个学生最终有没有抄完《神雕侠侣》。

我仅带了他们一年多，这部小说他抄得磕磕巴巴。从读到抄，我有巨大的"图谋"，他则是疲惫和懈怠。这不是一个教育成功、差生逆袭的故事。这个家伙还是每天都得睡一会儿，但他还在坚持抄，虽然不是每天都能完成我规定抄写的量。抄的同时他又跳着读完了《倚天屠龙记》《笑傲江湖》和《鹿鼎记》。

我记得他读完《鹿鼎记》之后，一脸开心地来跟我说："老师，这个韦小宝太好了。"我不知道他欣赏韦小宝的哪一点，是来自底层的无所畏惧的痞气，还是贪污了大把银子、有七房媳妇的得意。我们作为师生的时间太短暂了，我帮不了他更多，只希望这些故事能走进他的人生，在某个合适的时候，故事里的某个人能变成他的挚交好友，帮他渡过某些人生的难关。

到我离开这所学校的时候，《神雕侠侣》他好像才抄到"侠之大者"那一章。抄了这么久，也不是一点儿进步也没有，他开始写作文了。毕竟那么多内容他熟读、抄下来了，金庸的文字又是那么好。原本他写作文，下笔干枯欲死，后来他能勉强写够800字了，这让他的父母惊讶，也让他自己惊讶。

我批改的他的最后一篇作文里，他好像是这样写的：杨过为了救小龙女，去刺杀郭靖。但杨过的内心是有些矛盾的，他知道郭靖死后，很多人都会死，但他还是想救自己的爱人，这是个很难的选择。人的一生里，总会有这种很难选择的时刻。

我看了有些惊讶，在作文本上批了一个大大的字——咦！

无人察觉的青春

魏小帅

我们曾如此期盼外界的认可，到最后才知道：世界是自己的，与他人毫无关系。

一

餐桌上的谈话总是比平常要高妙一些，也更浮泛一些，所以话题不再是北京房价调控，或者旁边那条街的物美超市关了门，变成了跨界科技、文化自觉之类的。

最为健谈的一位，背后倚仗着资本，指点江山，不时就一些核心问题与人展开争论。其他人唯唯诺诺地听着，略带小心地赔着笑脸，不时点头认同。听的时间长了，我难免走神。一走神，不得了，发现他用来展现肢体语言的两段手臂上竟布满刀痕。

我抬眼看其他人，餐厅的灯光昏暗，酒杯和刀叉拿起又落下，似乎没人察觉到这些。大家都专注地听着、思考着。或是出于礼貌，即使看到了也假装什么都没发生。我哪有这样的定力，忍不住又看了几眼：用的是刀，不是刀片。

这样的发现让我再也无法专心继续对话，又看向他。谈话仍在继续，话题围绕着社会变革、科技创新、组织治理。那感觉怎么描述呢，就像海水里满布明亮绚烂的水母，在那光彩之中，独独有一座黑暗的岛屿。那个双臂布满刀痕的人，正是岛上最深的一处洞穴，无人察觉，无人知晓，连星光也不可及。

刀片，由于过于锋利，刀口并不像电视剧里所演的那样呈现一条血痕。边缘皮肤由于张力，会分别向两侧拉扯，露出内里的组织，像大咧着的嘴。医生缝合伤口后，幸运的，留一道线型疤痕；伤口深而长的，手腕往往爬上一条"蜈蚣"；再倒霉点，遇到技术一般的医师，曾经大张的"嘴"被强行缝上……这就是不能轻易用刀片的原因：疤太丑。

他聪明，用的是刀尖儿，一道道顺着自己胳膊纵向划拉。刀痕长，却浅。你都能想象，当他还是个少年的时候，神情漠然，在卧室，或者在厕所，坐着，镜子里反射出一张瘦削苍白的脸。刀尖抵在皮肤上，另一只手一用力，慢慢拉向手肘窝。痛，血从伤口里渗出来，结一些血珠。他随手扯过几张卫生纸在伤口上摁了摁，盯着自己这条崭新的伤口，把卷起的袖子慢慢放下来。

这样的事情他做了几十次。伤口不断地生成又愈合，新长好的皮肉有些发白，在皮肤上，就是一条条泛白的线。他知道人们怎么看他，但他控制不住自己。疼痛是唯一的方法，用来确认自己还活着。

二

我没有自残过，我只是在医院里从小混到大。那个时候的外伤病例，大多是意外或者斗殴导致，斗殴也大多是为了生计。

靠江的地带自杀的，除了跳江，还是喝农药的多。喝农药的大多是农妇，与人生口角，或是打麻将输了钱，气不过，或是发现男人在外面有了婆娘，一怒，一仰脖，号叫着、扭动着、呕吐着，被人送来医院。

自杀的年轻人少，至少在那家医院里看到的少。唯一一个听说的，竟然是我的一个初中同学。

印象中的她还是十三四岁的样子，小圆眼睛，细小的牙齿，头发细黄但是扎一把长到腰的马尾，笑起来很怯。初二下学期快结束的时候，老师通知暑假安排了补课，每人要交几百块补课费。小地方的人都知道，要考上好学校只能依靠成绩。老师大热天上课多么辛苦，娃娃补课之后确实考得好了，补课这事儿没谁深究。

她却满含着眼泪，说不参加期末考试了，因为下学期她不再来念书。既然不再念书，家里就不打算出这补课钱。

听见这话的同学谁都没把它当回事儿。这都什么年代了，初中又是义务教育，学杂费才几个钱？那地方重男轻女的风气也不盛行，谁要说不让女孩儿念书，简直是要被别人笑话的。并且，谁都没想到自己身边竟然会有读不起书的人。

临到考试，她没有再出现，连什么时候收拾的书本、桌椅都没人察觉。后来听说她出去打工了。她的年纪算起来似乎不够，但我们也没细想。同一级的同学陆续考上了高中，去了不同地方的大学，新鲜的日子还不够活的，写论文和实习的压力与日俱增，她的故事变成了"一件过去的小事"。

听医院的伯伯们说，她是因为自杀被送过来的，割了腕。来的时候，手上、大腿上到处都是伤痕。胳膊上是形状各异的刀疤，大腿上是烟头烫的印儿，都是几年来的新伤、老伤。手腕用布条缠着，从旧衣服上剪下来的一段袖子。

她已经嫁人了，丈夫还算老实，就是发起怒来不像个正常人。她受不了，跑回娘家。时间一久，娘家又不干了，催她回去。不知道怎么没想开，她就割了腕。一开始，家人还想自己止血，把事情瞒下来，看实在不行了，才想起往医院送。送到医院，她只是哭。护士悄悄告诉她可以找派出所和妇联，有的是办法收拾他。她哭个不停，一个字也不往外说。

别人告诉我这件事时，我正在念大二。她自杀那年也就十八九岁。往前推算，身上的伤是十六七岁就留下的。再往前推算，她哪里有什么外出打工，就是从一个家到了另外一个家，按着父母的意思，嫁了人。

三

2016年年底上演的音乐剧《亲爱的埃文·汉森》收获托尼奖6项大奖。音乐剧的主要内容是自杀和社交恐惧。

自杀的人是柯纳，一个高中生，一个怪胎。他总是无端生起怒火，朝人吼叫，将人推倒在地。他很快就死掉了，剧中没有讲他自杀的原因。他好像生整个世界的气，像一个因为过度愤怒而摔门、砸东西、揍人的人，他急匆匆地干掉了自己，结束了自己和这个世界的一切联系。

剧中还有一个试图自杀的人，主角埃文。他在寂静的林子里选中一棵树，向上攀爬，爬得越来越高，然后，松手。歌词里说"他的手失去知觉"。他就这么在树林里躺着，等着人来救他。然而并没有谁出现。埃文还是回到了学校，手上缠着绷带。不知是出于羞怯还是别的什么原因，他对外人，包括对他老妈的说辞都是：打工时从树上摔了下来。

埃文有社交恐惧，可明明在第二首歌里，你就可以听到他在手机屏幕后面，在社交软件上所做的一切努力。他试探着每一扇可能打开的窗户，他甚至邀请人在他的石膏手上签名。结果呢，没有人对他说"Hi"。

他与世界、与他人取得紧密联系，是依靠柯纳的自杀事件，依靠一封阴差阳错的诀别信，依靠一系列虚构的往来信件，依靠一个虚构的朋友。他杜撰了自己和柯纳的友情，表达了一个丧友之人的痛心。他的故事如此真实，细化到阳光洒在他们脸上，吃的雪糕的牌子，树木围绕着田野，他们之间轻松默契的谈话。以此，引起了大家的共鸣。埃文和同学们大搞死者的纪念活动，做众筹，希望众筹出的树林能够作为纪念死者的成果。

然而，死者需要这些吗？

不见得。是埃文需要。是他害怕被人遗忘，是他害怕消失在世界里。他将恐惧投射在死者身上，拼命想抓住的无非是自己与世界的联系。建在沙地上的建筑何其脆弱。很快，他就又失去了一切。

"当你在树林跌落，周围空无一人，你是轰然倒地了，还是默默无声？"

埃文在剧里近乎执拗地去问的就是这样一个问题：当一棵树在林中倒下，没人在周围，没人听见，那么它是否发出了声音？

人们在探讨这一问题时，总会加上一个前提，即：树倒下时，四周一片孤寂，无人能听到声音。那么，没有人听到的倒地，真的发生了吗？如果你死亡，没人能记得你，你真的能算活过吗？音乐剧里没有给一个最终的答案。

"如果我突然死了，你会伤心吗？"半夜一点，风扇呼呼吹着，正等着看月偏食，手机屏幕蹦出来这行字。捏着手机犹豫了片刻，就给朋友敲回去："怎么可能不伤心。你要是突然死了，我会哭死。这么大个创伤，我这辈子都好不了了。"

很多人会有不同的回答。理性的，劝她找心理医生看看；诙谐的，给她抖个机灵；"鸡汤"的，给她推荐好多本心灵成长书籍。而我只能这样回答："是的，我会伤心，特别特别伤心。"

念书的时候我们学"心即理""虚灵不昧，众理具而万物出，心外无理，心外无事"；也学海德格尔，对存在不断追问；闲时读"我们曾如此期盼外界的认可，到最后才知道：世界是自己的，与他人毫无关系"。从某种角度来说，向外界确认自身的存在，本来就是缘木求鱼的举动。

人世艰难，人生痛苦。但当你感知到痛苦，开始思考它们，你就获得了一个确切的起点。曾经有伟大的人，依靠这样的逻辑，在怀疑一切的时代里重新确定了起点。

可是对于那个被困住的人而言，被听到、被看到、被讲述、被回应，也许才意味着更多。因为他们不是来寻求解决方案的，他们只是向世界扔出了一块石子，看看是否有回音。我只需要嗓门儿洪亮地回答：是的，我在这里，我听到了，我在乎你，我爱着你。如此，他们便可以确认这一点，默默地，再为生活里的恶心事流一些泪，深呼吸几下，再沉稳地睡去。

有些人，好像

走着走着就散了

曾小亮

那些爱过的恋人，可不可以一直还在

生命的某个地方，守望着我们？

有一段时间不明白，为什么走着走着，有些朋友好像就在你生活中消失了一样。

比如有一个朋友，曾经联系特别紧密，但是有五年的时间里，他突然就音信全无。好几次朋友聚会，有人打听，那个谁现在干什么去了？

周围人全都一脸茫然，有人回应说："我也在找他呢。"

后来终于知道，他认识了一个外国女孩，然后跟随对方一起出国，然后就在国外定居，结婚生子，慢慢安定下来了。

再然后，他从起初的还有些时断时续的联系，慢慢地就彻底消失了。

这是一类慢慢在生命中走散的朋友，还有一类朋友，他们在我们的生命过程中，曾经可能和我们如胶似漆，但是也突然就慢慢疏远了，一年半载的不联系，然后就习惯成自然了。

直到那个人变成一个模糊的存在。

前段时间，一位二十多年没有谋面的小学同学，突然把我拉进了一个同学群。有人在群里发了一张小学照片，看了后，感觉真是沧海桑田啊。

然后，似乎更多时候，你其实都不知道在群里应该说什么。

二十多年未见，有些人变化不大，有些人确实已经变化非常大了；有些人还生活在故乡的小城，有些人却好像一骑绝尘，从省城到京城到国外；有些人在群里每天吃喝搓麻打牌去哪里好吃好喝，但更多人沉默不语，让人感叹岁月这把杀猪刀，将一切雕刻得面目全非。

当年在学校里，我跟一个女孩走得特别近，她当年作文写得非常好，年轻的语文老师也非常喜欢她。有段时间，流言蜚语传得满天飞，比如说老师经常单独留下她补课，比如有同学说趴在窗户上偷看，老师对她有一些暧昧的举动。

那时年龄小，不懂这些意味着什么。

只知道毕业后，大家各奔东西，她嫁了一个平凡的男人，自己也成了某个乡村小学的教师。

起初，我还偶尔打听她的消息，想知道她的婚姻情况，想知道她的岁月是否一切安好。再后来，就慢慢彻底失去联系了。

直到前些时候，在这个小学的同学微信群里，居然看见了她。偷偷地看了看她的微信头像，早已经不再是当年琼瑶"窗外式"的梦幻少女，而是一个体态臃肿的中年妇人了。

于是，居然不敢在群里问她的近况，更不敢单独加她。

而我也发现，大家好像有一种默契，都在群里表面嘻嘻哈哈，但是似乎大多数人都不好意思主动单独添加某一个人的微信。

因为大概是都不知道说什么好了吧。

在岁月的沧桑面前，我们居然有一种"近故人情怯"的感觉。

其实，大家心里都清楚，有些人，走着走着就散了，即使能再找回来，也不是当年的那个人、那份情了。

那些爱过的恋人，可不可以一直还在生命的某个地方，守望着我们？

我有一个前任，十多年前，我们曾爱得死去活来，分分合合，合合分分，直到有一天终于放手。

然后，成了好朋友，起初还一直保持着联系，偶尔还出来坐坐。

但不知道从哪天起，我发现有一两年的时间都没有联系过对方了。微信倒还是加着，但从不互动，甚至对方的朋友圈，也只是某天突然想起来，才专门点进去看一下。

然后突然有一种感觉：那个在你生命中，曾经如此重要的人，也走着走着就走散了。

有一段时间真的不明白，为什么呢？那些同窗好友，能不能一直把酒言欢，对酒当歌？那些一起奋斗的同事，能不能一直互相扶持？那些曾经一起互诉过忧伤、分享过狂喜的好友，在你的生命里，与你能否如同青蛇与白蛇一般不可分割？

后来年深日久，越来越明白，即使走散，但是某一刻想起来，依然满怀温暖和惆怅。故人的意义在于，即使很久未见，但是他像乡愁，像生命之船曾经行驶过的路标，时时地提示着你来时的路。

于是，有时特别想知道，那些走散的故人，他们还好吗？

所以，在《一个人的朝圣》中，65岁的主人公哈罗德·弗莱在酿酒厂干了40年销售代表后默默退休，没有升迁，既无朋友，也无敌人，退休时公司甚至连欢送会都没开。他跟隔阂很深的妻子住在英国的乡间，生活平静，夫妻疏离，日复一日。

但是有一天早晨，他收到一封信，来自20年未见的老友奎妮。她患了癌症，写信跟他告别。震惊、悲痛之下，哈罗德写了回信，在寄出的路上，他由奎妮想到了自己的人生，他经过了一个又一个邮筒，越走越远，最后，他从英国西南端一路走到了东北端，横跨整个英格兰。87天，627英里，只凭一个信念：只要他走着，老友就会活下去！

他要去看看那些在生命中差点走散的人，去和他们聊聊。

在这样的"一个人的朝圣"般的过程中，生命被治愈和唤醒。

我有一个在某外企当高管的朋友，在压力巨大的职场中患上抑郁症，并且感觉生命了无意义。有一天早晨醒来，他突然感觉，有很多渐渐走散的老朋友，有许许多多的人，真的很久很久没有见了。

他于是辞职，列了一个要去拜访的老友的姓名清单，他想知道，那些很久没有见的老友们，他们现在生活得好吗？他们是生是死，是健康还是身患疾病；他们是单身还是走进家庭，或是已离婚。

他于是也踏上了一个人的旅程，去探访那些在生命中快要走散的朋友们。

他发现，有些人多年没见，还真的是因为意外去世了；有的人结婚、离婚，现在一个人生活，在星空下，和他说起过去，感慨万千，喝光了十几瓶啤酒；有些人起初相见感觉很陌生，但是他在对方的家里住了几日后，旧日的感觉全找回来了。他们拍胸脯打腿，好像又回到当年的"睡在我上铺的兄弟"的青春时光。

经历过那种奇妙的寻访故人之旅后，再回来，他发现自己好像有一种奇迹般的心灵治愈能力。他变得更平静了，生命中好像有一种能量回来了。

世界上像他这样在冲动之下去拜访老友的人可能并不多。大多数人，任凭岁月流逝，知道生命中有些人，朋友、同学，甚至亲人、爱人，还真的有一天走着走着就突然散了。

于是，平添了淡淡的惆怅和孤独。

它提醒着我们，要珍惜在一起的时光，要珍惜生命中那些难得的爱和缘分。有一天，也许能够和我们相伴到老走到人生终点的，只有那一个生死相依的爱人和若干知己，大多数人，在奇妙的时光面前，就仿佛我们生命旅途中上车下车的旅客一样，他来了，又走了，然后慢慢就散了。

小孩子的游戏

头马

有时候，我也不知道自己是为了杜撰而去生活，还是为了生活而去杜撰。

一

"你到底为什么要跑？"

28公里之后我幡然悔悟，把耳机拿下来塞进口袋。太寂静了，实在是太寂静了。这里是伊斯坦布尔的沿海公路，从左边看过去是马尔马拉海，对岸是亚洲部分的新城区。

32公里之后我开始咒骂自己是个傻子，傻子才会不好好工作、不吃喝玩乐，来跑让人浑身的骨头都要散架了的马拉松，傻子才会任由自己被规则束缚，在一种定制好的痛苦里承受钻心的疼痛。

而且，由于主办方的问题，跑到后面完全没有一点儿补给，仅有的香蕉和能量胶都被跑得快的人吃了个一干二净。我饿得头昏眼花，盯着路面上每隔两公里就会出现的香蕉皮和能量胶包装，试图发现什么奇迹：也许有没吃完的。到最后5公里，连水站都没了，我开始捡路边没喝完就被丢弃的水瓶补充水分。这时，前后已经很少有什么同伴，你可以不用顾忌他人的目光。更让人绝望的是，你发现那些举着标示路牌的人开始收工，一块写着"37公里"的牌子正在朝你的方向移动，于是你开始推测，到底哪里才是真正的37公里处。

你到底为什么要跑？

是啊，我到底为什么要跑。这个问题我问过不止一个人。

二

"你为什么要跑步？"

"健身""保持精力充沛""寻找一种良好的生活方式""村上春树"……

有一次，我故作聪明地和一个朋友讲述了一个人"跑马"的故事。

"应该是因为失恋。"

"那好像没啥意思。"

"是啊，只能做爱情片。"

"嗯，不够传奇。"

"我再挖掘挖掘。我的想法是做公路片，荒诞喜剧。"

"那一次马拉松的体量似乎不够。"

"所以我打算选择越野马拉松，或是'超马'，那种跑几天几夜的。这样就有故事了。"

"最好有特殊性。"

"南极马拉松怎么样？"

"那拍摄难度就大了。"

你或许看出来了，对方不是我的朋友，而是我的甲方。我正试图卖一个马拉松电影的概念给他，计划在两年内启动这个项目，一年内搞定剧本。但首先，我得去跑一场真正的马拉松，而不仅仅是认识那些跑马拉松的人，和他们吃几顿饭，听一两个不知虚实的故事。有时候，我也不知道自己是为了杜撰而去生活，还是为了生活而去杜撰。这有点儿像我喜爱的小说家佩雷克说的："他创造出了一个无比庞大的词语世界，以部分地弥补自己已永远失去的那个真实的世界。"

所以我得问问，不是问别人，而是问自己："你到底为什么而跑？"

"为了发'朋友圈'。"

我会狡猾地逃避所有认真的问题，因为我比较幽默。幽默的人没有弱点，而且通常显得很聪明。

还真的是为了发"朋友圈"。一报完名，我就开始酝酿半年之后完赛时的这条"朋友圈"消息怎么发。这半年来，文案换了得有一万多种，从"高冷"到自嘲，从励志到云淡风轻。感谢名单列了若干种，不能绕过的是周杰伦，感谢他每天陪我跑一万米。不得不说，跑步时听周杰伦的歌，你会觉得自己是个偶像。

没想到的是，比赛的前一天遇上巴黎恐怖袭击，阴影笼罩了整个欧洲大陆，捎带了伊斯坦布尔。早上4：00，我在旅馆被朋友们发来的微信消息轰炸醒来，假装对此熟视无睹。然而，早上在塔克西姆广场集合时，来自世界各地的哥们儿脸上的表情都阴晴不定，谁也不知道有没有一个浑身绑着炸弹的人在终点等我们。

你能怎么办呢？在将命运交付给波澜壮阔的人群和发令枪响的那一刻到来之前，你唯一能做的事就是热身。

然而，恐惧的极点也就是聚集在博斯普鲁斯海峡大桥等待发令枪响的那几十分钟了，除此之外是自豪，觉得谁都不能与他们为敌——这些跋涉千里到伊斯坦布尔来跑马拉松的人，这些闲着没事儿大费周章跑来寻求"个人突破"的人，这些幻想跑完这场马拉松就能改变人生、重练技能的一筹莫展的"人生赢家"。这是一种被国际人道主义和体育精神欺骗的自我感动，大概和一个非球迷在巴塞罗那队的主场——诺坎普球场，看巴萨集锦视频的感受差不多。

三

为什么要跑马拉松？

现在我可以回答你，因为我需要自我感动。

当你以7分钟每公里的配速上路，并坚持过了开头的10公里，你会开始觉得自己是一个英雄——是看见过早上4：00的洛杉矶的科比，是终场0.6秒前三分远投封神的库里，是在阿瑟·阿什球场平躺着和被击败的对手握着手等待被救援的阿加西……你感觉自己和别人不一样，你忘记了此刻赛道上还有别人。

25公里之后，你会彻底打消这些念头。你开始盼望有一发子弹将你射杀，好结束这竟然还有差不多半程要跑的比赛。生理痛苦从若隐若现到令你猝不及防，而且你根本就没法停下来走，因为走比跑还要痛苦。太阳高照，我跌跌撞撞地在左边是马尔马拉海的公路上跑着，让我备感煎熬的是，一会儿我还得从公路的尽头掉头，再跑一遍这段公路。

是的，当穿过博斯普鲁斯海峡，跑到距离抵达塔克西姆广场还有10公里的地方时，我的心情是如此辉煌，不可战胜的英雄主义泛滥，穿过加拉塔大桥，和参加10公里比赛的选手们告别，不远处是海风、鸽子、在桥边钓鱼的渔夫、在路边加油的小贩。如同童话故事里刚刚上路，要去很远的地方同巨龙战斗、解救公主的骑士。我们知道，尽管路的尽头是凶险和痛苦，但在故事的开始，他一定会领略美景、收获友谊、采摘野浆果、和动物们称兄道弟。

然而，真正的马拉松是从10公里之后才开始的。在老城区跑一个来回，你将看到游客们看不见的景象——这里的商铺骤然减少，只有破落的房屋和无人问津的维修铺、小商店，脏兮兮的孩子会试图和你击掌，这会是他今天最开心的事。

　　这里是伊斯坦布尔，在这里，每个50岁以下的男性都渴望和你发生一段爱情，50岁以上的男性则温和且乐于助人。我在这里遇到的第一个老头是这样和我打招呼的："你好，孩子，你看起来需要帮助。""对，你说得没错。""我就知道。"然后，他带我找到了去往体育馆的正确方向，我则借此机会了解了他的前半生：他在德国、美国和葡萄牙待过，做过医生和老师。现在的情况他没有说，只说这一片是伊斯坦布尔的富人区。言语中有种不屑和自嘲。

　　后来，我在安塔利亚遇到的一个有着明星级别长相的土耳其地毯商显然要务实很多，当我试图套问他的婚姻状况时，他总能把话题转到他的地毯生意上——他的地毯是手工织就的，每平方米多少针，那些棉花要经过多少道工序的浸染，某些特殊材料的地毯又是多么的宝贵，等等。我不急不躁地听完他的介绍，心想：要不是你长成这样，谁有工夫听你说这些。我们交换了联络方式，然后成为"朋友圈"里的点赞之交——由于和中国有贸易往来，他常会去往北京和天津，微信是必不可少的通讯工具。

除此之外的所有人都显得过分热情，让你有种身在16世纪的法国的错觉，寻欢作乐是生活唯一合法的目的。

然而，那也不是真正的伊斯坦布尔。当你逐渐远离城区，跑上周围只有大棚、岩石、围墙、野地的公路时，一切变得乏味。你开始渴望跑出这条没有尽头的轨道，跑向大海，然后跳进去。

但你知道你不能。

你还想看一看终点的蓝色清真寺和圣索菲亚大教堂，看看苏丹阿赫迈特广场上前一天卖硬面包的小贩和做社会调查的女中学生是否还在。于是，跟着一名熟知赛程的土耳其老年选手，你发现自己意外地跑进了托普卡比皇宫的花园。游客和行人在林荫道上向你走来，对于你的出现他们并不觉得意外。他们结伴而行，窃窃私语，像往日一样谈论阳光，你感到一切都是如此平静自然。那种眩晕的感觉消失了，在人群之中你觉得自己并不特别，远处穿透树叶洒在草地上的日光让你感到温暖。老头告诉你："终点不远了，你看，前面就是皇宫花园的大门，穿过大门沿路而上，你会看到清真寺，那里就是终点。"

你点点头，认定这将是你最后一次跑马拉松。

然而，不久之后，你又去往了下一座"跑马"的城市。

请凭着青春的嗅觉

去做一个决定自己

样子的人吧

比傲慢和偏见更难去除的，是『我要把他

们培养成我想象中的样子』的念头。

裴广宇

看到这段文字之前，你大概已被上面这些与高考有关的口号吓住了。

其实，这篇文章里没有通常与高考相伴而生的焦躁、慌乱、不安，没有硝烟弥漫，没有刺刀见红。只是一个语文老师温和的讲述，讲述他所带的高三体育班的故事。

因为集训和比赛，大多数时候，体育班人员不齐。留在学校的孩子，每日训练，身心疲累，上课时，要么犯困，要么总想编个理由出门放风。

这位老师承认，直到现在，他都没有找到给体育班上课的有效方法。但是，他们都放下了傲慢与偏见，师生和平共处，彼此信赖。

当不再用成绩去衡量一切时，就会发现，每个孩子的身上都有迷人的品质——喜欢唱歌的男生，在讲台上兀自陶醉；喜欢读小说的女生，有一种很容易识别的表情。

即便录取分数线会低一些，但他们承受的压力，并不比其他的高三学生少。相比同龄人，他们更早接触社会，见惯输赢，懂得人情世故。

他们开得起玩笑，哪怕是命运开的玩笑，都能接住。

如同一部明媚的青春电影，故事里的每个孩子都是十七八岁时应该有的样子——肆意的青春、懵懂的拼搏和傻傻的快乐。

他们一定很开心——自己在老师心里，是这样可爱的样子。

兴奋

一年前，当得知要教体育班的语文时，我心里有一点点意外和忐忑，还有一些兴奋。

都说根本没法给体育班上课，可没准儿我能行呢？几天之后，我醒过神儿来，这个想法傻得令人发指。

以前，体育特长生都是打散了分插到各个班的。印象里，他们总是一群人盘踞在最后一排，除了运动会那几天活跃又受瞩目外，平日里上课，连捣乱都懒得参加，似乎永远在趴着睡觉，上半身胡乱地堆在小小的课桌上，两条长腿无辜又寂寞地伸向过道。

这是我第一次教体育班。

我已经忘了自己在第一节课上到底说了些什么，因为总有人在下面打岔。阵脚有点儿乱，我第一次失去了条理。仔细想想，我大概说的是高三一年的任务：一共要背100篇古文、50首古诗。刚才在另一个文科班，我给他们算的是背300篇古文、150首古诗，还得写50篇作文。到体育班，含泪打了3折。我正算得高兴，底下一个男生喊了一嗓子："老师，你怎么不看我们？"

尴尬了。

我上课有个毛病，喜欢冲着天花板讲，这一方面源于我儿时内向又害羞，另一方面是因为这样很容易进入状态。

我努力看了看教室里的各位，目光从他们的脸上一一扫过，然后，明白了。他们脸上都写着一句话：这是个中年傻子吧，说啥呢？

对空

直到高考前十天，我才知道，我给他们上的第一节课，就是这一年最盛大的一节课——除了个别几个人在外打比赛，其余的人全都在学校，尽管他们插嘴、打岔、乱嚷嚷，但毕竟在听。

一开始教他们就赶上暑假补课。那么炎热的天气还要训练，谁有心情听你讲"子曰""诗云"，因此睡觉者前仆后继。我把卷子卷成筒，挨个儿敲桌子，这边的敲起来，那边的趴下去。

小胖和李睿磊是同桌，都坐在第一排，哥俩儿上课一齐趴在桌上睡，一胖一瘦，一动不动，像一个面盆和一个细陶罐。

郑纪栋个子最高，长得也洋气，满头的卷儿，往桌上一趴，像木匠刚刨出来的一堆刨花。

马玉洁有段时间一上语文课就斜倚在岳陈添的身侧，让人想到动物园的猴山上互相捉虱子的小猴。每次上课过不了五分钟，这两个人准会举手要求上厕所。上厕所是体育生想溜出去放风时最常用的借口，大多数人都是一走一晃地到门口，撂下一句"上厕所"就径直出门了。董永顺不这样，顺儿最认真，每次都要捂着肚子、皱着眉头飙演技："老师，真不行了，憋不住了。"

后来马玉洁再举手，我就说："能换个更有想象力的借口吗？"她摇摇脑袋，觉得想别的理由太费劲儿。再后来，她的同桌换成了屈楹。有时上课她跟屈楹闲聊；有时她给屈楹编小辫，编一头，然后再解开；有时她会在本子上写日记。一次，她突然问我"懵懂"怎么写。我说："我也不会。"然后指指窗台上的字典。她的同桌眼睛瞪得跟脑袋一样大，说："老师，你真不会写？你也有不会写的字？"

更闹心的是，体育班总有一半的人在外面打比赛。赶上赛事密集的阶段，一多半人不在，在的人上课也不固定，今天你在，明天他在，上课内容都连不上。很多时候，我在踏进教室的那一刻都不能确定自己要讲什么。

有一次，班主任带着女足出去打比赛，田径队也在外比赛，男篮刚赛完回来。上午上课，讲年节诗，开始还有几个乱接话的，后来只剩打哈欠的；讲到一多半时，全班都趴下睡觉，教室里一时很安静。《世说新语》上写，晋朝有个叫殷浩的，整日用手指对着空气写字，有人偷瞄，发现他只写"咄咄怪事"四个字。

我觉得自己就是在"对空"讲课。

套路，套路

酷热的日子终于过去，正式开学之后，语文课渐渐有了起色，我随手记录了一些上课的片段：

上课时提到一句诗：待晓堂前拜舅姑。"此处'舅姑'即是公婆。"我说。

一个黑黑的女生也不站起来，斜靠着身后的课桌悠悠言道："老师，你说得不对。杨过喊小龙女姑姑，难道她是他婆婆？"

我很高兴终于有了一位听众。

"老师，你知道她叫啥？她叫柴慕蓉。"李睿磊介绍道。

柴慕蓉，女足队员。

讲卷子，有句默写是《离骚》里的，"众女嫉余之蛾眉兮，谣诼谓余以善淫"。我解释："这一句表面上是说众人嫉妒我那弯弯的、美丽的眉毛……"话还未说完，岳陈添大声说："老师，我也有美丽的、弯弯的眉毛！"

岳陈添，女篮队员。

课间，体育班全班出动在栏杆处看雨。我从旁经过，岳陈添说："老师，我给你来个'一字马'。"话音未落，她的脚已呼的一下放在了旁边高大男生的肩头。我一惊，赶紧划动着老胳膊老腿遁去。

我给他们每人发了一张格子纸，跟他们说："这节课咱们就干一件事，把《赤壁赋》抄一遍。拿出你们最好的状态，看看能把字写多好。抄完我们就看电影。"

不到十分钟，马玉洁喊："我脖子快累断了……"

"比训练还累？"

"累多了！"

"老师，心累！"

殷铭昊一开始不动笔，我说："你抄不完大家都不能看电影。"他埋下头假装动笔。我绕到他背后一看，纸上写了三个字：赤壁贼。

好不容易抄完，该下课了。

"你看，电影看不成了。平常写字太少，书写速度不行吧？"

"套路，套路。"马奔摇摇头。

"我再讲一道题，剩下的时间你们爱干啥干啥。"

然后，我讲到了下课。

"行，又是套路。"马奔说。

下次再用这招，大家就喊："直接说选啥就行了，不许展开讲。"

刚进教室，就见韩琦凯准备睡觉。

"韩琦凯，刚才历史老师在办公室可说了，你上历史课不仅不睡觉，而且听得很认真，非但听得认真，还记笔记。你可不能厚此薄彼啊。"

韩琦凯瞪圆了眼睛喊："不可能，绝对不可能。"

"语文老师的套路。"马奔说。

马奔是体育班的班长，也是我的课代表。每次预备铃一响，马奔准站在教室门口迎我，等到我们相距六七米的时候，他开始抱拳，拉长了声调念白："裴——老——师——"马奔上课，一般总要先撑着听几分钟，几分钟后晃晃脑袋，表示自己已经尽力了，奈何实在太困，然后开始睡觉。

彼此相熟之后，马奔依然爱站在教室门口迎我，依然是相距六七米时开始抱拳，依然拉长了声调念白，只是"裴老师"三个字变成了"裴老"。

唱歌的少年

我去体育班上课，教室的大屏幕上在放陈奕迅的MV。殷铭昊站在讲台边，手里攥着鼠标，看那架势，是绝对不会撒手的。我心一软，心想孩子们不喜欢学古诗，那就唱歌吧。

殷铭昊是打篮球的，但我没见过他打篮球，我也想象不出他在篮球场上的样子。他总是懒洋洋的，戴眼镜的脸上常带着微笑，无论是听写还是写作文，他都不肯费劲去写一个字。印象深刻的是中秋节前一晚，殷铭昊到办公室找我借手机给他妈妈打电话。嗯，他还懂给妈妈打个电话。

那天，先是殷铭昊站在讲台上唱了一首，然后郑纪栋唱了首《绅士》。我听郑纪栋唱《绅士》，就想起塞林格说的："有人认为爱是性，是婚姻，是清晨六点的吻，是一堆孩子……但你知道我怎么想吗？我觉得爱是想触碰又收回手。"郑纪栋唱完，殷铭昊意犹未尽，要求再唱一首，他认为自己刚才站在讲台上面对着大家有些紧张，影响了发挥。这次他坐在座位上，对着自己的歌词本唱，完全忘记了周围同学的存在。我经常想不明白，有那么多常用字他们都写不对，对古诗也丝毫不感兴趣，他们又是如何理解那些歌词的呢？歌词其实也是诗啊。

体育班有两个歌词本在班内流传——殷铭昊有一本，吕晓彤有一本。他们的歌词本有模有样，前面有目录索引，后面是歌词正文，重点词句下面用彩笔标注。

一天上午，殷铭昊被班主任拎出了教室，他自己搬了一张桌子坐在教室门口。我经过时，他正用衣服后面的红帽子罩着脑袋，埋头在一个本子上写字。他竟然在写字！我偷看了一眼，开头是：我常会想……后面没看分明，他已警觉地把脑袋抵在了本子上。他常会想什么呢？

今天上课，殷铭昊略带羞涩地说："历史老师上课提你了。"我问："为什么提我？"殷铭昊说："历史老师上课时讲到婉约词，我就背了两句柳永的《雨霖铃》，历史老师夸我有点儿像语文老师。"

期中考试结束，殷铭昊一见我过来，就作忙着要去训练状。

"手儿，你的作文写了吗？"

"写了，写了，这次我有进步，写了一拃长呢。"

我听完狂喜。殷铭昊外号"大手"，他那一拃长至少得有600字吧。答题纸收上来一看，他的作文只有小朋友的一拃那么长。

下一次考试前我放下狠话："殷铭昊，作文要是再写不够字数，我就要跟你家长谈一谈了。"考完试后我一看，手儿第一次把作文写完了，可是前面的题全空着。他的作文题目叫《放牛班的春天》，虽然有点儿跑题，但结尾写得让人印象深刻：所以，请凭着青春的嗅觉去做一个决定自己样子的人吧。

外号与镜子

体育班，不分男女，人手一面小镜子。镜子形状各异，方的有，圆的也有，更多的是一片不规则的玻璃，仿佛全班合买了一大块玻璃，然后往地上一摔，各自拾了一片去。

上课时，总有人在照镜子，女生照，男生也照。他们有时还知道用书本遮一下，偷偷照，有时干脆举着镜子从各个角度打量。十七八岁的年龄，正是对自身形象最敏感的时候，而运动员跟一般人的区别是，他们毫不掩饰自己对身体的关注。

体育班学生的外号也大多跟身体有关，仿佛是另一面镜子，比如"大手""大头""大牙"等。

体育班有两个"大头"，女版是小屈，男版是孙吴。我反复目测，他俩的脑袋并不大，这外号起得蹊跷。被叫大头，小屈也不恼，有时还用这个梗逗孙吴。

考完试，我拎着卷子走进教室。小屈喊："老师，你一讲卷子我就头大。"大家马上纠正："你头本来就大。"孙吴也喊："老师，讲吧，讲讲那道文言文断句题。"我说："小屈，你不能因为自己'实力强'就停止进步啊，你看人家孙吴。再这样下去，孙吴的优势会很明显啊。"小屈听完，晃着脑袋笑。

我的另一个课代表是旭琰，女足后卫。她踢球时伤到了腿，韧带断了，术后医生要求她静养。可休息了不到两个月，赶上要去大学试训，旭琰打了封闭针，拼了，结果伤情恶化。这一两年，甚至以后，她都不能再踢球了。一个女孩子，训练了那么多年，结果临到大学选人，没机会了，只能硬凭文化课的分数考大学。换作是当年的我，甚至是现在的我，都受不了。可她还是乐呵呵的，玩笑照开，别人的外号照喊。大家也开她脸上酒窝的玩笑，开她伤腿的玩笑，就像平常一样。

这就是体育班学生的优点，开得起玩笑，同学开的，甚至是命运开的玩笑，都能接住。

读书的种子

周日第一节晚自习，体育班里只有3个人，其他人刚训练完还没有回来。蔡继武坐在最后一排，在埋头看书。见我进来，蔡继武扬着手里的《明朝那些事儿》问："老师，这本书里写的都是真的？"

我回："主要依据的是《明史》吧。"

蔡继武说："写得太好了，看了第一本就想看第二本。"

男篮老蔡是体育班里最稳重的一个，他坐在座位上看书的样子很迷人，像一头戴着眼镜的大象。我总觉得他应该读那种厚厚的、似乎永远也读不完的书。

一天，我问小胖："你为什么踢球？"

小胖说："因为我妈。巴乔你知道吗？我妈是巴乔的球迷，铁杆儿球迷。"

我给小胖推荐了一本书，三毛的《撒哈拉的故事》。

"好看吗？"第二天我问小胖。

小胖忙点头，说："好看好看。"乘兴他自己又买了本《三个火枪手》。我说："你可以给你同桌推荐推荐。"李睿磊赶紧摆手，说："老师，不行，真不行，我一看书就头疼。"我说："你可以先翻翻，头实在疼得厉害了就放弃。"

第二天上课，李睿磊没睡觉，没抬头，在看书。"好看吗？"我问。"还行。要不你再借我一本书？"李睿磊说。我从儿子的书柜里拿了本盗版的《狼图腾》给他。过了两天，他在走廊里拦住我说："我已经看了50页了。"

体育班一度最流行的书是《明朝那些事儿》，其次是《盗墓笔记》。教室里有《撒哈拉的故事》《三个火枪手》《基督山伯爵》，还有张舒玥直呼开头都看不懂的《悲惨世界》。蔡继武最近在看《中国皇帝全集》。"大手"一直坚持自己的阅读品位，读《匆匆那年》《那些年，我们一起追过的女孩》《从你的全世界路过》。"大手"的英语成绩最突出，好好考能考100多分，没事他喜欢捧着《新概念英语》看，不看英语，他就看青春小说。有一次，我在他的一本书的扉页上看见一行字：真希望这些是我写的。

小说读得最多的，似乎是张鑫莹，她的语文也常常考得很好。我发现，研读小说的女生，有一种很容易识别的表情。

风一样的少年

暑假补课的一天，我走进教室，只有几个人来上课——全省中学生运动会要在我们学校开，大家都在加班加点地训练。

仅剩的几个人正仰着头看大屏幕上巴西奥运会田径比赛的直播，侯少卿则趴在桌子上睡觉。

快到男子100米"飞人大战"时，张成龙推醒了他。他站起来，径直走到教室后面的饮水机那里洗了洗眼镜。回来后，他马上进入状态，身体前倾，盯紧屏幕。博尔特撞线前回头看的那一刻，他兴奋地大叫："9秒8！"

"你跑得也不慢嘛，就比他差一秒。"我说。

"差一秒就差多了！"他大叫。

侯少卿应该是我们学校历史上男子100米成绩最好的体育生。春天，他去北京的一所211大学试训，回来后我问他怎么样，他摇摇头说："被黑了。"

又过了几天，我去上课，大家兴奋地告诉我："侯少卿的成绩又涨了，清华大学测试第一名。"

事物的味道，我尝得太早了

春节一过，体育班就开始了漫长的告别。

先是一部分人出去参加集训，一训就是几个月，基本上算是提前毕业了。

春天的第一批花才开，大学试训的时间又到了，他们前所未有地认真忙碌着——上网查询信息，分析权衡，联系教练，办各种证明材料，跑上跑下地盖章。路远的大学，买张火车票自己去试训；更远的，买好机票自己飞过去。在这一点上我很佩服他们，我在他们这个年龄，这些事自己一件也搞不定。这应该归功于他们常年跟着教练南征北战的经历。

试训结果出来之前，谁也定不了神，谁都没心学习。有首站即胜，欢天喜地回来的。比如屈楹，她跟一堆大个子站在一起，像个小朋友，可球队急需的正是一个灵活的小个子后卫。教练一眼就看中了她，早早定了，本硕连读，她成了屈硕士。也有信心满满地去，失意而归的，人家大学就招两三个队员，早就内定了。也有过程曲折，以为山穷水尽，结果峰回路转、柳暗花明的。

谈起这些，他们也没有表现得太激动，似乎早就明白，社会本来就是这个样子的。我常常想，多年的体育训练究竟带给他们什么？除了强壮的身体，也许还有比同龄人更多的经历。见惯了输赢，早接触世事，如石川啄木的短歌里写的："事物的味道，我尝得太早了。"

渔翁夜夜钓明月

明月迟迟不上钩

在我眼里

所有一切都是大海

只有你

是大海上的一艘轮船

河边的杂花野草

谁说不是一花一世界呢

这是我不能了解的事

体育班的孩子其实也很关注文化课成绩，一考完试，大家就追着我看分数，而且要看各小题的分数。晚自习，去教室给他们辅导功课，孙吴说："我们把全年级的成绩都分析了一遍，A1、A2班的倒数第一都能考580分，文科啊。"孙吴是体育班的第一名，大概能考400分。

"理科班第一名考了700多分。"孙吴说。我一下子想起罗大佑的一首歌来，《我所不能了解的事》。

在考试这件事上，他们并不是全无悟性，最起码曾经一张一张空白的答题纸现在对不对都能写得满满当当。我甚至发现，连续不断的考试是提升体育生成绩的最佳手段。因为只有这样，他们才能集中注意力。在好奇和渴望胜利这两点上，学生们是一致的。体育生甚至更善于做"赛后分析"，尽管用的是自己瞎琢磨出来的奇怪招式。

最先给我信心的是"二吕一王"：吕晓彤、吕菁蕾和王晓雅。第一次诊断考试结束后，我翻看他们班的答题纸，让我喜出望外的就是她们3个的答卷——字迹工整、清秀，仔细读她们的作文，还真是通顺得令人惊讶。

吕晓彤的理想是当一名律师。"就你？"有人打击她。

"我从小就觉得女律师特别酷，老师你说我学法学行不行？"

"为什么不行呢？"

请凭着青春的嗅觉去做一个决定自己样子的人吧

接下来，走单招的学生要参加文化课考试。5月初结果出来后，又会走一批。在体育班监考，会发现有一半的条形码用不着发了，他们都有了归宿。

对着剩下的条形码，我在脑子里过一遍他们的名字，再过一遍他们的外号。有几个名字，还相当陌生。一年来，他们似乎只在教室露过几面，剩下的时间都在外面参加集训和比赛。说到底，跟体育生朝夕相处的、对他们影响最大的，还是他们的教练。

说实话，直到现在，我都没有找到给体育班上课的最有效的方式。

不过，我还是跟一部分同学熟悉了起来。在教室里放电影《狼图腾》，我在教室后面坐着，每到会心处，马奔就下意识地扭过头找找我。我很珍惜这种寻找，它意味着一种认同。

跟体育生相处，在我，是一个放下成见的过程。你脑子里首先要去除的是傲慢，永远不要这么想：体育生是一群四肢发达头脑简单的家伙。

张定浩在一篇书评里说："教师，是一种相当考验心性的工作。当一个人周围遍布比他更为年轻的学生，他们总是要么比他更无知，要么更狂妄。在这种情况下，他很难保持一种既刚健向上又谦和自抑的健康心态。对此，列维·施特劳斯曾提供过一个堪供所有教师参考的普遍策略，即'总是假设你的班上有个沉默的学生，他无论在理智和性情上都远胜于你'。"

比傲慢和偏见更难去除的，是"我要把他们培养成我想象中的样子"的念头。

我特别喜欢"大手"作文里的那句话："所以，请凭着青春的嗅觉去做一个决定自己样子的人吧。"

你所追求的高效，真的有效吗

Lachel

其实，无论外在世界多么繁复，许多时候，解开困扰和疑难的钥匙，就在我们心中。

"高效"在这个时代，是被无数人追捧的词语，包括我。但是，你所追求的高效，真的有效吗？或者说，如何才能实现真正的高效？

一

前些日子跟一位刚升任总监的朋友吃饭，席上他向我倒苦水，说他其实并不太认同CEO定的某些政策，但没有办法，只能照章安排下去，内心有些迷惘。

我问他为什么不想出更好的方案，去向CEO建议。他回答："哪有时间，太忙了，每天要处理的事情太多，根本没有多余的精力去想。"

"太忙了"，这是今年不知道第几次从熟悉的人嘴里听到这句话了。

我在数字营销和互联网两个行业里工作过，做的事情差别很大，却有一个共性：快。

在这两个行业里，时间是以分钟计算的。还记得实习时，出去见完客户后，我打车回到办公室向上级汇报工作，他不满地说："怎么晚回来了10分钟？"

后来，我经历过跳槽、转行，从深夜两点被电话叫醒，到自己深夜两点发邮件给下属，职位变了，但工作的状态依然如故。

我招过许多人，这里面有不少人很优秀，但没干满试用期就走了。离开的时候，他们总会说："L哥，我很喜欢这家公司，但是实在受不了这么快的节奏。我感觉自己像一台机器，忙个不停，一点儿休息的时间都没有。"

不光他们有这种感觉，我自己也是如此。跟同事聊天儿，总会恍惚觉得自己好像已经来这家公司好久了，但仔细一想，才几个月。做完一个耗时两个月的项目，全组一起出去吃饭、唱歌、玩桌游，这时总会有同事感慨："终于结束了，总觉得我们忙了好几年了。"

这其实就是许多人所处的一种状态：你永远没有机会专注在一件事情上。

你必须同时执行一堆任务，每个任务都需要你跟进、汇报、检查。你可能要同时跟四五个人对接，甚至，你必须把他们的信息记在笔记本里，否则很容易忘记谁是谁，谁说过什么话，需要跟进什么。

你的大脑没有一刻是放空的，即使是在睡梦中，你也会不由自主地想起工作。

这种多任务工作模式带来的后果是什么呢？是对深度思考能力的摧毁。

当我们同时处理多项工作时，在不知不觉间，我们其实已经沦为了工作的奴隶。简而言之，多任务处理，会分散我们的精力。

对于每项任务，我们会更倾向于"做到"，而不是"做好"，因为没有时间。

辞职之后，我重新思考了过去自己的很多做法，发现很多时候我们其实是凭着惯性在工作——随着工作经验的累积，面对问题你会下意识地觉得，过去都是这么做的，这次也这么做吧。

但是，这真的是最好的方式吗？这一次的情况跟以往的相同吗？

没有人会去思考，大家想的都是：时间这么紧，不要在这上面浪费太多时间，做完这件事，赶紧开始做下一件事。至于方向对不对、策略合不合适、这是不是我们真正需要的，往往会被忽略。

但事实上，把所有的事情都做到70分，远远不如把一件事情做到90分、100分。

"不出错"是大公司的做法，但当你是个人或者小团队的时候，你要脱颖而出，要站在聚光灯下，唯一的办法就是在某个方向上做到极致。有时我们过于追求高效，但高效并不意味着真的有效。

二

想通这一点之后，我采取了这样一个方法：每天留出一段时间，不受任何事情的打扰，静下心来冥想。在冥想时，我会按照以下几个步骤思考：

1. 复盘

我今天做了些什么？近段时间，各个项目的进展如何？是否按照预想的方向前进？在项目执行的过程中遇到了什么问题？分别是由什么原因造成的？如何规避？

2. 策略

我接下去要做些什么？通过做这些事情，我要达到什么样的目标？这个方向是最好的吗？

3. 规划

我要如何达到第二步的目标？如何把这个任务分解成小任

务，而那些小任务分别应该在什么时间完成？有哪些信息需要了解？

通常，这些问题很难一下子全部得到答案。冥想结束后，我会将想到的各个点记下来，画成层次图，不断修正、调整，以此来整理自己的思维。

也许，今天的思考结果会推翻昨天得出的某个结论。这时，我会对比今天和昨天的笔记，然后将修改结果重新写下来。

最后，我会留下某几个问题，放到一个专门的笔记里——它们是我经过分析之后，确定需要去思考和处理的最重要的问题，也是我第二天工作和思考的重心。

简而言之，让自己慢下来，静下来，不要一直执着于执行，而是要想一想前进的方向。尝试了一段时间，我开始感觉到，虽然自己依然被许多工作压着，甚至比过去还忙，但是内心平静了许多，很多之前看不清楚的事情，一下子变得明朗起来。

其实，无论外在世界多么繁复，许多时候，解开困扰和疑难的钥匙，就在我们心中。

唯有摒弃一切干扰，直面内心地去思考，才能找到它。

我脸上有道疤，我还挺喜欢它

巫小诗

虽然我至今没有收到猫头鹰叼来的魔法学校的入学通知书，但在我的心灵深处，一直有某种神秘的力量指引我前进。

一

特别熟悉我的朋友都知道，我脸上有一道疤，在嘴巴的上方，鼻子的下方。

这道疤陪伴我十几年了，刚开始的时候我挺懊恼的，觉得女孩子脸上有疤很自卑，可是渐渐长大，也渐渐习惯，感觉它就跟皮肤一样，已经成了我身体的一部分。

关于这道疤的来历，那是我6岁时候的事了。

那时候我跟母亲一起，在她工作的医院附近租房子住，说是附近，其实步行也得二十来分钟，母亲很节约，平时都是步行上下班。

母亲每周要上两个夜班，她上夜班时就留我一个人在家睡觉。有时我不愿意一个人睡，她就只好把我带到单位，让我住在医护人员的休息室，值班途中可以来看看我，下班再把我带走。

我孩提时有很多时光是在医院度过的，不是生病，仅仅是因为我没地方可以去。有人说自己是胡同里长大的孩子，有人说自己是田埂上长大的孩子，我大概是个在医院里长大的孩子。

医院里长大的孩子，有着许多同龄人没有的经历：我拿大号的注射器当水枪；拿装满热水的吊针瓶当暖水袋；用笔芯扎破试管，再在试管上裹上医用胶布就是圆珠笔；喝酸奶时找不到吸管，拿消过毒的针头一样可以喝……现在讲起来好像有点儿惨，但当时是乐在其中的。

当然，最乐的不是这些，是母亲在妇产科工作的那些日子——我一到医院就有吃不完的糖果、饼干和红鸡蛋，都是刚生完宝宝的家庭送到值班室来的，这不是送礼，是分享喜悦。

二

可是在那天之后，我就再也没有吃到过妇产科值班室的美食了。

那天母亲下了夜班后把我叫醒，我因为起床气而不愿意走路回家，执意要打车。母亲拿我没办法，只好奢侈一回，带我打车回家。

我和母亲坐在出租车的后座上，没有完全睡醒的我晕乎乎的。那天真是个中彩票般的日子——司机师傅是个新手，那是他第一天开出租车，我们是他的第一单客人。

回家要经过一段很窄的路，那条路的一边是居民家的围墙，一边是条小河。大概是司机师傅太紧张了，经过这条窄路的时候，车子先是蹭到了围墙，然后他大力打了一下方向盘，我们仨就连人带车冲进了河里。

就在出事的那个瞬间，还在犯困的我被身旁的母亲一把搂进怀里，她按住我的头，佝偻着身体把我裹住，抱得很紧很紧。

"嘭"的一声，整辆出租车倒扣在河里，即便这样，我依旧被母亲抱在怀里。

周围的路人纷纷下河来帮忙，把我们三人从车子里拽了出来，我什么事都没有，就是有些"流鼻血"，司机师傅也没啥大碍，但是母亲的表情很痛苦。

那时候我不懂事，并不知道事情有多严重，我当时居然在想，司机方向盘边上放的那一沓零钱都漂在水上了，那些一块、两块和五块的钱就要被水冲走了，好可惜啊。

后来母亲被送往医院，诊断结果是腰椎骨断裂。这个结果真的把我吓坏了，我以为母亲从此就要卧床不起了。我特别愧疚，大哭不止，觉得母亲这样完全是因为我。

如果我不闹着打车，如果车祸的瞬间她不选择用身体护着我，也许，这样的悲剧就不会发生了。

后来医生和母亲都安慰我，说骨头断了没有那么可怕，能治好的，我才渐渐好过一些。

闻讯赶来的亲戚把我接了回去。大家都以为我只是流鼻血，其实不是的，我鼻子下方被车窗玻璃划伤了，大概是所有人的注意力都在重伤的妈妈那儿，所以我没有涂抹任何药物，甚至没有清理伤口，这也许是留下疤痕的原因吧。

那个出租车司机也是个苦命人，买车的钱都是借来的，他和妻子一起来我家赔礼道歉，拿着东拼西凑的一小沓钱，道歉时居然还"扑通"一声跪下了。

我家人都很心软，没有再追究他的责任，连后期的医药费都是我们自己出的。

出院后，母亲在家躺了好几个月，我也连着几个月没在医院睡过觉。虽然从前很不喜欢医院里的味道和半夜走廊里急促的脚步声，可是如果母亲康复了，可以重新回归岗位，我愿意天天在医院里睡觉，保证不哭闹。

漫长的卧床后，母亲渐渐康复了，可以下床时，她几乎不会走路了。我扶着她，靠着墙开始慢慢踱步，就像她当年教我走路一样。我那时候很矮，大概比一根拐杖高不了多少，但我那时候很懂事，母亲卧床的日子，我成长了很多。

后来，母亲重返工作岗位，调去了别的部门。也因为这次车祸，爷爷奶奶搬到城里来跟我们一起住，我从此再也不用住医院了。

三

6岁时的那场车祸，渐渐驶离了我的生活轨迹，只剩下一道疤痕。

刚开始，我是很抗拒那道疤痕的，甚至为此感到自卑。

上小学时，我同桌的顽皮男孩，会在我课间睡觉的时候，拿橡皮擦在我脸上擦，说是想试试这个疤是不是假的。我当时很崩溃，立马就哭了，世界上难道会有女孩往脸上画个假疤痕吗？

大概八九岁的时候，我开始看《哈利·波特》，我发现主人公的脸上跟我一样，也有一道疤痕，而且居然也是在他遭受危险时，他的母亲为了保护他而留下的纪念。我当时真的非常激动，感觉遇到了跟自己有同样经历的人，他勇敢、善良，拥有奇幻人生。我甚至觉得，脸上同样有疤痕的我，某天也会收到猫头鹰叼来的魔法学校入学通知书。

这大概就是我成为《哈利·波特》整个系列的忠实读者，以及我最喜欢的动物是猫头鹰的原因吧，它们在我因为疤痕而自卑的岁月里，给了我关于疤痕的美好想象。

我漫长的成长过程中，跟母亲有过各种大小不一的冲突，有时我会觉得眼前的这个女人非常不可理喻。可是总在吵过闹过后的某个瞬间，我也会忍不住想，这个不可理喻的野蛮女人，也是车祸关头一把搂住我的那个女人啊，她是爱我的。

　　这个疤痕多次在我们闹僵的母女关系中充当"和事佬"，我还挺感谢它的。

　　随着年龄渐渐增长，我对于疤痕的介意也渐渐淡去，甚至有时跟人凑近了聊天时，别人问我"你嘴巴上面那块是什么"，我都会下意识以为，是不是我吃东西时不小心蹭到的食物——我都快要忘记我脸上有道曾经让我自卑的疤痕了，我早已容许它成为我身体的一部分。

　　就像有人会在身上文一些对自己有特殊意义的符号一样，这道疤痕，就是命运送给我的特殊符号。

　　读大学时，有位学长的手臂上有句法语文身，我问他是什么意思，他说是"因父之名"。学长很爱他的父亲，这句文身像父亲一直陪伴他左右。

　　那我的疤痕，就算是"因母之名"吧，至于是什么语言，就当是"魔法世界语"吧。虽然我至今没有收到猫头鹰叼来的魔法学校的入学通知书，但在我的心灵深处，一直有某种神秘的力量在指引我前进呢。

一晃，那个会因为脸上的疤痕流泪、自卑的小女孩，长成了胆大皮厚的大姑娘，"你脸上怎么有道疤"这样的话语，再也伤害不到我了。

我会微笑着告诉别人这道疤的来历，告诉他们我的母亲有多爱我，甚至跟他们开玩笑说，我和魔法世界可能存在着某种微妙的联系。

我脸上有道疤，我还挺喜欢它。

得承认我们有点儿羡慕自己讨厌的人

王路

意识到自己的怯懦，本身就是改变。

每个人之所以是现在的样子，是因为他一直被现在的样子保护着。

一

小时候，在很长的一段时间里，我讨厌穿牛仔裤。

我上学前班时，整个县城的人都不知道有牛仔裤这种东西。大家穿的是涤纶裤、涤棉裤、涤卡裤，潮一点儿的人穿西裤、皮裤。街上有很多裁缝摊，家家都有缝纫机，买块布，请裁缝或自己在家就能做条裤子。

我上小学二年级时，人们的衣服花样开始翻新，慢慢有女生开始穿喇叭裤、紧身裤。喇叭裤风靡一时，很快又销声匿迹。我的女同桌把紧身裤叫蛇皮裤，大概是因为紧身裤显腿形，像包裹在蛇身上的皮那样。

突然在某一天，开始有男生穿牛仔裤。最早是那帮翻墙头去录像厅看黄色录像的混混，他们拉帮结派打群架，还偷鸡摸狗。我觉得，穿牛仔裤的学生不是正经学生。好学生是不穿牛仔裤的，大人也不穿。

这个认知很快被打破了。似乎是一夜之间，全校三分之一的男生穿上了牛仔裤，大人穿牛仔裤的也越来越多。我还是固执地不穿，直到上了高中。

高中时穿牛仔裤有点儿被逼无奈的意思。我们上学那会儿每天要在教室里坐14个小时以上，从早上6点到晚上10点，中间吃饭都是匆匆忙忙吃完就回教室。屁股在板凳上贴久了，起身时，裤子就像老太太的脑门，长满了皱纹。

女生穿裙子，中午去食堂吃饭，屁股上千沟万壑；男生穿休闲裤，屁股上也是皱皱巴巴的。但只要换上牛仔裤，问题就解决了。从那以后，我越来越爱穿牛仔裤了。

然后，我开始讨厌周杰伦和《东风破》，因为周杰伦很流行。整个中学时代，我反感一切流行的东西——凡是流行的，都是混混狂追的。

对周杰伦的印象转好，是在三四年后。有一次，我填了首词，某前辈看了，说有"菊花台"的味道。我不知道"菊花台"是什么，以为是菊花茶或者像茅台一样的酒。上网一搜，才知道是周杰伦的新歌。听了《菊花台》和《千里之外》，觉得不错。后来又听到《烟花易冷》和周杰伦作曲的《小小》，就再也不讨厌周杰伦了。

二

时隔多年回头再看，才明白，我并不是讨厌牛仔裤和周杰伦，也不是讨厌那些翻墙头的混混。实际上，我内心是有点儿羡慕他们的。必须得承认，他们身上有我不具备的，甚至渴望的东西。但那时候，我并不清楚。

他们受女生的青睐。他们骑着单车载着女生满街跑，我不能；他们把情书折成千纸鹤的形状，写上情话跟女生缠绵，我不懂。

不懂就学啊！不，我不屑于学。在整个青春期，我都是这样的姿态："我学习这么好还没女生追，天理何在？混混有什么好的，不就是整天抽烟、喝酒、打篮球嘛！唉，女生真是瞎呀！"

现在我才知道，不是女生瞎，是我蠢。

虽然我至今都不认同混混们的许多行为，比如在街上逼其他孩子交保护费、打架、偷盗，等等。但不可否认，他们身上有我所匮乏的东西。

譬如，对新事物的热情，对自己喜欢的姑娘的那份主动，对朋友的慷慨义气。虽然这些未必会带来好的结果。比如，对流行事物过度追捧会让一个人盲目跟风，喜欢就去追会让有的人换对象比换衣服还快，过于讲义气会让一些人偷家里的钱请同学去网吧打游戏……

但只盯着这些糟糕的结果看，你就难以捕捉到在你对他们的深深厌恶之下，埋藏着的那一丝不易觉察的羡慕，甚至是嫉妒。他们毕竟拥有你不曾拥有却又想要拥有的东西。

有些东西别人拥有而自己没有，是会有一点儿羡慕的；羡慕却得不到，是会有一点儿愤怒的；为了掩饰羡慕和愤怒，我们常常表现得很不屑。

但并非真的不屑。实际上，我们需要从自己讨厌的事物中发现自身的匮乏之处。这并不容易，要抽丝剥茧，探究隐藏在行为背后的质素。

三

去年，我在郑州做讲座。有同学问："我觉得自己是怯懦的人，该怎样改变呢？"

我说："我更想提醒你的是，不要太着急去改变。意识到自己的怯懦，本身就是改变。每个人之所以是现在的样子，是因为他一直被现在的样子保护着。"

一个人察觉到自己的怯懦，想立刻变勇敢，实际上却做不到，这种改变往往会让他变成粗鲁、无礼、草率、蛮横的人，唯独不能让他变成勇敢的人。他之所以不勇敢，正是因为他一直在受不勇敢的保护。改变不是一蹴而就的。

我们看见的常常只是冰山一角。说一个人怯懦或勇敢，都是十分笼统的，怯懦未必不是谨慎，勇敢未必不是毛躁。

我们需要接纳每一个时刻的自己。实际上，我们根本做不到永远不改变。接纳本身就意味着改变，更多的接纳也指引我们向更好的方向改变。我们会越来越明了什么更适合自己。

很多人之所以变成了自己曾经讨厌的样子，那正是他们不懈"努力"的结果。有些生活是我们想拥有的，有些生活是我们应当拥有的。应当拥有，是指拥有了会真正对我们好的东西。但人们往往把想拥有的东西，当成拥有了会对自己好的东西，这就是从情绪出发和从理智出发的区别，因为情绪和理智的不调和，人们往往会在情绪的驱动下做很多事情，然后后悔。

出于理智，我们可以迈出的第一步是，得承认那些我们讨厌的人和事身上，蕴藏着我们渴望和匮乏的东西——我们需要接纳的东西。

我的『朋友圈』流行早睡早起

艾小羊

年轻的时候，人很容易被一些狂放不羁的生活方式打动，总觉得只要那样去活，人生就会不同。

高三的时候，我跟我爸最大的冲突就是我的睡觉时间问题。我那时信奉熬夜的人更优秀，每天晚上都学到凌晨，最夸张的一次是学到凌晨5点。这样的作息导致我整个上午都处于半睡眠状态，班主任经常打电话给我爸，说："你们不要把女儿管得太严了，你看她瘦的，小脸都没苹果大。"

　　我爸觉得特冤枉，因为他每天一到零点，就会冲进我的房间说："身体是革命的本钱，赶紧睡觉！"

　　我心里觉得我爸好老土。

　　年轻的时候，人很容易被一些狂放不羁的生活方式打动，总觉得只要那样去活，人生就会不同。

　　上大学时也一样，喝酒、熬夜、节食。工作以后，还是这样。有一次周末玩得太累，周一早上拉肚子，我只好向领导请假。那次凑巧，另外一个比我小两岁的同事也请假了。周五开例会，领导说："周末不是给你们狂欢用的，而是用来放松和休息的。对于周末玩得太累、周一请假这件事，我零容忍。一个职场人，周末应该努力积攒能量，让自己周一精神饱满地来上班。因为玩乐，累到周一都没办法上班，说明你们根本不为自己负责。"

我心里觉得领导好土。

28岁的时候，我遇到一个30岁的女生。她在一家出版社工作，人长得漂亮，说话有趣，皮肤特别好，我很喜欢她，总约她一起玩。无论玩得多开心，她晚上10点一定要回家。"我平时都是10点上床睡觉。"她的话，让我觉得30岁的女人果然老了，虽然我们仅仅相差两岁。

大家也经常开她的玩笑，说她是18岁的容颜，80岁的作息。我们用了很多办法，想让她玩得晚一点儿，但她就像灰姑娘一样，时间一到就回家。她的节制激怒了一些人，她们商量要剥下她的伪装——我就不信你从来不熬夜。

那一次，大家在吃晚饭前就定好游戏规则，不到零点不许走，否则罚酒一斤。她听了，立刻起身要走，半开玩笑半认真地说："我肯定是走错片场了。"大家拉着不让她走，逼她喝酒。"你也就比我们大几岁，怎么过得像个老太太。"在拉扯中，她真丝连衣裙上的钉珠被扯落了一片。她推开拉着她的人，说："如果年轻就是去放肆糟蹋自己的身体，我一点儿也不羡慕你们这些年轻人。"

她走了，背影苗条，步履婀娜。那天大家玩到10点，就各怀心思地散了。

第二天我问她干吗发那么大脾气，她回我："一起去公司楼下喝杯咖啡吧。"我以为会听到一个从小体弱多病，甚至18岁就得了癌症的故事，没想到，我们只是淡淡地聊了几句。她说她一直作息严谨，因为觉得如果一个人不自律，就什么都得不到，包括自由。"我不反对熬夜，但我不明白你们熬夜的意义在哪里，是更美了，还是更牛了。"

我当时虽然觉得她说得有道理，但还是忍不住想：这个女生也真是够老土的。人生的精彩根本不在于它的长短，我要做那个活得短但活得精彩的人。我才不关心身体健康不健康呢，只要心理健康就好。

从此，我们不再联系。我身边都是像我一样奔放地活着的人，时刻保持年轻的心态，时刻保持手机畅通。有了微博、微信"朋友圈"以后，能更直观地看到大家的作息时间，经常有人凌晨还在刷屏。这没什么，说明我们还年轻，但好像有什么又跟十八九岁时不一样了。那时候，无论熬夜熬到几点，躺在床上就能睡着，如今大脑里好像有个小马达，如果这个马达不在零点以前关闭，就根本停不下来。

从觉得晚睡的都是社会精英，到抱怨自己有晚睡强迫症、越晚越睡不着，好像是一夜之间发生的事。

有一天，"朋友圈"里有人说："晚上10点以后不要再发消息给我了，我要睡觉。"大家纷纷"点赞"，还有人回复：不要再听别人说的"你又瘦，皮肤又好"的鬼话了，你熬夜以后要抹多少玻尿酸，自己最清楚。

"我不反对熬夜，但我不明白你们熬夜的意义在哪里，是更美了，还是更牛了？"我忽然想到那个已经久不联系的女生说的这句话。还有我爸说的"身体是革命的本钱"，以及第一个领导说的"周末好好休息是为了周一能精神饱满地投入工作"。

辛辛苦苦熬夜，去过叛逆而没有规律的生活，究竟是为了什么？如果说是为了过有尊严的人生，那么什么样的尊严能够超越健康与自律？医院是一个好地方，它救死扶伤；同时，医院也是一个坏地方，它让人像生产线上破损的机器一样，经受各种姿态不雅的检查与治疗，毫无尊严。

如今我的"朋友圈"里，最时尚的生活方式是早睡早起。如果我老爸知道了，一定会嗤之以鼻："这是我们玩剩下的。"

为心中之繁星，
吾当披荆斩棘

葛藤

我离开堪城已有几年，但我知道，我对堪城的感情没有一丝一毫的变化，她依旧如向日葵般暖心。

一

2012年5月13日凌晨。

公寓里早已经空空荡荡，唯有两个行李箱装满了衣服和书，还有对这座叫堪萨斯的城市满满的不舍。

汽车等在楼下，我最后看了一眼这个房间，关上房门。汽车缓缓驶出校园时，整座城市还沉浸在凌晨的静谧里。

终于要离开这座我曾学习、生活、得意、失意、嫌弃并最终留恋的城市了。

堪城所在的堪萨斯州也叫"向日葵之州"。比起南方终年阳光灿烂的佛罗里达，堪城的阳光四分明亮，五分和煦，剩下那一分，如人饮水，冷暖自知。对于我，那是破晓时的熹微和日落时的余晖，安静温暖，正如州府大门上的向日葵一样，暖心而让我铭记。

When it's early in the morning,

very very early with out warning,

I can feel a newly born vibration sneaking up on me again.

晨光熹微，和耳机里的《Early in the morning》的歌词如此契合。

这样的情景，这样的悸动，和第一次来到堪城时一样鲜活而真实。

第一次来堪城，先从芝加哥转机，又倒了半天的汽车，折腾了好久才到公寓。已是清晨四五点，但我内心充满了第一次到异国的兴奋和不安，竟然没有丝毫的睡意和恐惧。

在堪城数年间，我去过纽约、芝加哥等许许多多的美国大都会。纽约是个雄心勃勃、热情洋溢的少女，她唱着《Empire State of Mind》（《帝国之心》），告诉你这里的一切都由梦想建造；芝加哥是个外向成熟的姐姐，豪爽坦荡，毫不介意展示金钱、权力的诱惑；而堪城则如一位贤妻，眼波流转，你若安好，她对你微笑，你若失落，她背后撑腰，如同她的格言："To the Starthrough Difficulties（为心中之繁星，吾当披荆斩棘）。"实习时，我看到过那尊在州议会大厦穹顶上矗立的雕塑，但直到离开时才体会到那就是堪萨斯格言的景象化。

按中国的标准衡量，堪城最多是一座二线城市，地广人稀，虽然高楼大厦林立，但大多朴实无华，以至于许多人厌恶她的单调无趣。

堪城居民大多数是美国共和党选民，选举时总是一片醒目的红色。按理说，这样一个偏保守的地区对外国人应该比较戒备，可我总觉得堪城比纽约、芝加哥更包容，更像家。

夜幕降临后，鲜有商店会营业到八九点。更多的人会去读书俱乐部、电影院、剧院，而不是夜店。我曾经无数次听到同胞们抱怨堪城的生活是何等的枯燥无聊。诚然，比起热闹喧嚷的都市生活，堪城有的时候真的太乡土、太田园了。

而我欣赏堪城的生活方式，以及由此造就的温厚的居民：学校食堂的大叔大妈每次看到我都会与我击掌，也总会给我大份的沙拉和薯条；当初来乍到的我傻站在路边，找不到餐厅时，推着婴儿车的年轻妈妈主动询问，甚至亲自带我走到了餐厅门口；我在雪后的路边摔了一跤，远处一位先生主动跑来，确认我无大碍后才离开；住在学校附近的一对老夫妇闲来总是问起我在中国的生活，每周开车带我去城里购物，直到最后我们成了忘年交……这样的事情太多，以至于我暗暗琢磨，不是说资本主义国家只有赤裸裸的剥削关系吗？还是说普罗大众都是善良的，而"万恶的"社会精英我接触不到呢？无论如何，这样淳朴的民风和简单的生活，让我产生了归属感，如在家乡般亲切。

二

在堪城的最后一年，我去了州议会实习。

州议会在离堪城不远的州府托皮卡市。我曾觉得一个外国人去州议会这样的机构做议员助理太不可思议，而在堪城却完全没有人在乎。这也让我真正有了接触"民主"的机会。在第一次走进州议会大厦前，我望着这栋建筑，心里做好了要进入《纸牌屋》般残酷的工作环境的准备。我跟的议员是P.B.，一个白人老头，本职是眼科医生。我曾经好奇地问他为什么要一个中国人来做助理，他说他看中的是能力而不是国籍，这让我着实感动了一番。

本以为实习一定会被人呼来唤去，不料第一天，P.B.和他的秘书康妮便让我参加了州议会的会议。更让我惊讶的是，州议会的会议远不如想象中那么严肃，议员们和各选区的代表更像是在聊天，不时讲个段子。发言的既有西装革履的商业精英，也有刚刚劳作完还穿着牛仔裤和皮靴的农场主。提案无论通过与否，都会有专人整理反馈。被这种轻松的氛围震惊的同时，我也发现美国人对于沟通、交流乃至政治的理解，跟我们不太一样。无法准确判断这样好或不好，但至少可以让每个人都有发出自己声音的机会。而我原本紧绷的神经也逐渐放松下来，终于能从容穿过那条通往州议会大厅的通道了。

会议结束后，堪城又让我着实惊喜了一把。其他议员，不分种族，纷纷主动跟我这个外国来的实习生问好，州长山姆还上前跟我握手。当时我以为只是礼节性的客套，可直到我实习结束，这些堪萨斯人始终都这么亲切友好。我很幸运地结识了许多聪明友善的美国朋友。我们一起逛街，一起吃饭，他们邀请我去家里玩，见他们的家人。而我也由此发现，国家或国籍真的只是区分人类的一个标签。美国的家庭也好，中国的家庭也罢，都希望家人能够健康、平安而又快乐地生活。

我爱堪城，如果愿意，这份喜爱其实可以延续得更久，譬如可以留在这里读博或工作，建立家庭。但堪城告诉我，我还年轻，还要去更多不同的城市，如果将来依然喜欢这里，那么，欢迎回来。

如今，我离开堪城已有几年，但我知道，我对堪城的感情没有一丝一毫的变化，而她依旧如向日葵般暖心。

时间最终会站在

你的这一边

刘 燕

我看到了过去的我们，那群倔强的少

年，亦看到了我们经历时光打磨后愈发平

和坚韧的如今。

一

大年三十晚上，忙完已是深夜，拿起手机一看，有五百多条未读消息。

消息来自初中同学新建的一个群，留言已经刷了几百条，大家依然聊得不亦乐乎。

分别20年了，当年的青葱少年均染上了岁月尘埃。有些人变化不大，但大部分人都胖了些，神情也不复当年的稚气；少数几个男生凸肚谢顶，让人很难把他们跟当年那些挺拔阳光的少年联系起来。

我前座男生的父亲当年在电影公司上班，经常带着班里的男生逃课看录像的他如今经营着本地最大的连锁影咖；美丽的英语课代表做了公务员，业余在"朋友圈"卖水光针、玻尿酸，还给人做文眉、文眼线之类的美容项目，美丽是她的追求；当年稳坐"校草"之位的班长现在是飞行员，目光锐利，神情沧桑；班里的开心果"大头"去芭堤雅过年，她发回的自拍视频依然笑得没心没肺；学霸小方刚辞去律所的工作，准备跟人合伙创业；"小公主"茵在北京，说孩子刚出生不久，不能回家过年……

一条条看下去，好像看到了几十个人20年的人生。开头早已写好，而精彩，才刚刚开始。

二

公众号"新世相"在春节前做了一个活动，向粉丝征集一张过去的照片和一张现在的照片，来"看看自己到底走了多远"。最终，"新世相"收到了1440个人发来的照片——那是1440个可以明确看到的命运。

小时候在镜头前摆舞蹈Pose的小女孩，长大后成了舞蹈专业的学生；幼时穿着学位服、戴着博士帽拍照的男孩，成年后实现了童年的梦想；一个自小依赖大哥的女孩在大哥去世后迅速成长，如大哥所愿成了医生，"孩子们会健康成长，老人们会安度晚年，你问我人间之事，等再见时，手舞足蹈说给你听"；很多人发来自己多年后与同样的人在同一地点的照片，让人感叹时光流转；亦有瘦了100斤的小伙子、走出人生困境的姑娘讲述自己的故事……

看过这些照片，"世相君"张伟感叹人生际遇："有些事从一开始已经注定了；有的事，在开头真的完全想不到结局。"

看过太多人的人生轨迹后，除了赞叹命运的魔力，很多时候也会对时间产生从容之感——"好事有个期限，坏事也会过去"。就像"世相君"的结论："如果时间足够长，生活就会变得公平。它不格外宠谁，也不格外恨谁。它不保证梦想一定实现，但也不会让悲伤无法停止。时间最终会站在你的这一边。"

三

同学群里有人上传了一首歌，是S.H.E的《你曾是少年》：你我来自湖北四川广西宁夏河南山东贵州云南的小镇乡村/曾经发誓要做了不起的人/却在北京上海广州深圳某天夜半忽然醒来，站在寂寞的阳台/只想从这无边的寂寞中逃出来……

我们都曾是少年，"奔跑起来像是一道春天的闪电"，借由高考之弓，将自己像箭一样射向远方，以为年轻的生命就该仗剑走天涯，以为自己终将不凡。现实通过时间，将我们一一打回原形，终于知道，生活在此处还是彼处，差别或许没有少年时想象的那么大，而自己也不过是芸芸众生中的一个。岁月流逝，压力渐增，少年老去，但未来仍可期，所以要继续努力。我们都在人生之路上行进，各有悲欢，独自斟饮。

这是我们这一代人的命运，也是每一代人的命运。

在这个寂静的除夕之夜，当20年的时光涌上脑海心头，我看到了过去的我们，那群倔强的少年，亦看到了我们经历时光打磨后愈发平和坚韧的如今。

好在我们都还有梦，时间会给我答案。

我不是来北京追梦的

西岛

他们来到北京，不为扬名立万，只求谋一个普通人的生活。他们爱着北京，不管北京是不是同样爱着他们。

一

"我觉得北京没什么好的。"

北漂的聚会上，免不了要说两个老生常谈的话题：哪里人？为什么来北京？

轮到方方了。她想了想，说："我来北京，是因为在老家待不下去了。"

方方的老家在重庆的一个小县城。方方是女孩。在那个县城里，家里没有儿子，仍是卡在父母、长辈们喉间的一根刺。

"我从上幼儿园起，就是在姑姑家长大的。爸妈生了弟弟，计划生育查得严，不得不把我送出去。"

方方的父母都是公务员，为保住饭碗，不得不出此下策。

方方还依稀记得爸爸把她送走那天的情景。天不亮，爸爸一手提着行李，一手牵着方方，带她从家往外走。她那时还小，但也隐约察觉到爸爸要带她去一个很远的地方，而且很久都不会回来。

坐了5个小时的车，方方从重庆来到了四川。走进姑姑家，一切都陌生得很。方方想哭，但她咬紧嘴唇，拼命不让自己哭出来。

"我怕我一哭，爸爸就不会再接我回去了。"

方方安静地在屋里坐了好久，揣测爸爸走远了，才怯生生地抽泣了两下，颤悠悠地叫了一声："爸爸。"

这时，方方听到有人在敲玻璃窗。她抬头一看，原来爸爸一直在窗外看她，没有走远。

"我看到他，马上擦了把眼泪，把鼻涕吸了回去，冲他挥手。"

方方知道，爸爸也舍不得她。

"但我没有办法原谅他们。从那时起，我对'家'就没什么依恋了。"

方方在武汉上完大学，然后，义无反顾地离家千里，来了北京。

"我不回去不仅因为这个心结，更因为我……"方方突然拍了下桌子，"你们看得出来吧？我，我喜欢女生。"

那天，方方穿着白T恤、黑短裤，留着利落的短发，脸上不施粉黛。从背后看，活脱脱一副男生模样。

"光这身打扮，留在老家就不知要遭人背后说多少闲话。"

北京没什么好，但足以包容方方这样一个姑娘。

"在这里，我能像普通人一样生活。真的，我只想像个普通人一样生活。"

二

说到重男轻女，赵小姐一下来劲儿了。

她来自潮汕。

"高二的暑假，我爸很难得地要跟我谈心，谁知一张口就劝我别去上大学了。"

那时恰逢金融风暴，赵小姐的爸爸做生意失败，手头紧张，想方设法节省开支，第一把火就烧到了自己女儿身上。爸爸苦口婆心地劝说赵小姐：

"女孩儿家，读再多书也是要嫁人的。嫁人后无非生儿育女，操持家务，有没有大学文凭，有什么打紧呢？不如趁现在年轻，早早挑个好人家嫁了。要嫁了有钱人，不仅下半辈子不用吃苦，还能帮爸爸解解燃眉之急呢。"

"我没答应他。只是说，从今往后，我不再向他要一分钱。"赵小姐大一的学费，是向姥姥借来的。

"从上大一起，我就到处打工，什么活儿都干。一年后，不仅还上了姥姥的钱，还攒齐了大二的学费。"赵小姐说起这事，脸上不无得意之色。

赵小姐说她来北京是因为喜欢电影，从高中起她的理想就是做与电影相关的工作。

赵小姐如今在一家影视公司做内容总监，收入不多，工作很忙，不过她做得开心，也从未有过回乡的念头。

"回去干吗？"赵小姐一脸嫌弃，"回去了，无非就是催我结婚，催我生孩子，还非得生出个儿子不可。这种地方，换成你，你能待得下去？"

三

说起"待不下去"四个字，无人能比小海更有说服力。

"我老家在鸡西，鸡西你们知道吧？对，就是地理书上写的那个产煤的地方……"

2015年，全国掀起削减钢铁、煤炭产能的大潮，拥有近30万煤炭产业工人的鸡西，成了"手术刀"下的重灾区。

鸡西只是东北地区整体衰落的一个缩影，当地人对停业、破产、下岗一类的名词，早已司空见惯。

"没有办法，只能往外跑。"

我们同小海开玩笑："三亚的东北人可多了，遍地都是东北菜馆和说东北话的人。"

小海苦笑："三亚是好，阳光充足，空气干净，又很暖和，但毕竟远呀！谁也不想跑到离家那么远的一地儿，对不对？"

相比之下，距鸡西一千多公里的北京，是一个不错的选择。

"我不会回去，主要是因为回不去了。要回老家去，只能进煤矿——我们那儿除了挖煤，没什么可做的。"小海埋怨，"就是挖煤，还得家里拼命说关系、花大钱，才有位子。"

小海伸出两个手指头，冲我们比画："没有20万，根本别想。"

四

常有人说："你们这些外地人，千里迢迢跑来北京，赚不到钱，买不起房，还在这儿混着干吗？不如早早回老家去。"

他们没有恶意，只是不理解。他们不知道，这群人唯有来到北京，才有立足之地。

生活在当代中国的绝大多数人，不会再为温饱担忧，也不再会单纯地为温饱奔波，他们要追逐一些更高级的东西。

他们要逃避的，不再是贫穷和饥馑，而是偏见、歧视和无可奈何。

他们没有什么宏图大志，对买房也没什么奢望。他们的愿望很简单：靠勤劳和智慧生存，不被莫名其妙地歧视，不被莫名其妙的潜规则逼得无路可退。

温饱之外，这难道不也是当代人生存的刚需吗？

五

在北京，你经常能发现一些特立独行的人。

丁克、同性恋、不婚族、社交恐惧、性别认同障碍、父母对子女无恩论者……随便哪一条，放到中国的三四线城市，都是要被千夫所指的。

但北京不太一样。这些特立独行的人在这里能比较自由地生活，比较畅快地呼吸。哪怕别人有所不满，碍于教养，也很少会当面骂他们"变态"。

在他们的老家，邻里乡亲是不忌讳做这些的。他们甚至还会因自己的行为而产生一些莫名的快感，觉得自己是在替天行道。

北京不是遍地财富的"黄金乡"，不是上帝许诺的"应许之地"。北京承诺不了你存款、房子、期权、股票和公司，北京能承诺的，只有灵魂深处的自由自在和渗透到每个人骨子里的包容。这里能同时拥有全中国最多的顶级富豪与诗人、作家、流浪歌手，不是一个偶然。

当许多人埋怨待在北京发不了财、买不了房时，还有这么一大群人，真心感激北京。

他们来到北京，不为扬名立万，只求谋一个普通人的生活。

他们爱着北京，不管北京是不是同样爱着他们。

没有人有义务一定
要帮助你

曾小亮

如果想让朋友帮助你，你首先要做一个能够提供价值的人。如果暂时提供不了，那就好好修炼内功。

小妮说，她有一阵想转行当编剧。有同学早她几年入行，现在已经是声名显赫的编剧。所以，她特别希望同学能帮帮她，比如有写剧本的机会时，即使她的能力不够，也能带带她。

同学客气地答应，但是她后来得到的消息是，同学手里有好几个剧本，宁可找外人，也不找她。

她很郁闷：为什么明明是同学，却不愿意帮帮我？

杰克的抱怨更加直接。他说有好几个他负责洽谈的项目正好是他的一个好友在负责，他觉得，按照自己和朋友的交情，那些项目百分之百会落到自己手上。

结果让他大失所望——项目旁落他人。

朋友解释说："委托方是第三方，我说话分量不够，抱歉了。"

他知道那是借口，即使委托方是第三方，只要朋友大力引荐，那些项目落到自己头上的概率还是很大的。

你看看，有时候，原本以为是深厚人脉的，到了关键时刻却不一定有用。

我有一个朋友做直销生意，他坦言，做直销最能检验人脉的有效性。

比如，启动直销生意时，首先需要有十个会员。他的第一反应是，这十个人肯定得找最亲近的同学、老友。

结果电话一打过去，除了两三个人以外，其他人纷纷委婉拒绝。

他很纳闷：为什么看上去特别坚实的人脉，有时候却很脆弱？

其实，有些所谓坚实的人脉，只是你的想象。

最好的朋友、同学不支持你，首先可能是因为你的实力不够，还不能和他有效地价值匹配。他需要十分，你只能提供五分，如果他碍于友情来帮助你，他的损失更大。你和他的友情，还不能让他做到倾囊相助。

其次，你自己是不是过于功利了？平时没有积极维护这些所谓铁打的友情和关系，一旦要用才临时抱佛脚。

平时，你有没有多"赞"一下他的"朋友圈"？有没有在你有能力时多帮助他一下？再好的关系和交情也需要互相滋养，只想单方面索取的关系，一次可以，第二次人家就会对你敬而远之。

假如不是亲朋好友，他没有帮你，你可能会觉得理所当然。但是亲朋好友不一样，你对他们有所期待，他们没有帮你，你就有心理和情感上的落差。

但亲朋好友不帮你，除了抱怨，你不妨做以下反思：

1.你自身的实力是否足够？如果不够，就好好积攒。中国有句古话，说尽了世态炎凉，但是确实有一定的道理：富在深山有远亲，穷在闹市无人识。如果想让朋友帮助你，你首先要做一个能够提供价值的人。

如果暂时提供不了，那就好好修炼内功。

2.你平时有没有好好去帮助别人？这个世界有没有无私的帮助？当然有。但如果一个人将别人无私的帮助一直视为理所当然，那么他的心态一定还停留在婴儿时期。大多数时候，别人没有义务一定要帮助你。愿意帮助你，或者是因为你的人品，或者是因为你能够为他提供价值，或者是因为你曾经帮助过他。

3.找到人脉关系里的"强关系"，并且好好维护。所谓"强关系"，并不一定是亲朋好友，而是在你遇到困难时，真正愿意为你提供帮助的人。

别人不愿意帮助你也是理所当然的，不需要为此失落，反倒应该静下心来，好好反省自己有哪些地方做得不好，才让朋友们在关键时刻不愿意出手相助。

如果反省过后，问心无愧，那么就坦然接受；如果自己的确有很多缺点，那么就好好改进。

这个世界上，真的没有人有义务一定要帮助你。人家愿意帮助你，就带着感恩的心去看待；不愿意帮助你，也请保持平心静气。

你需要的不是仪式感，而是对生活的掌控感

Lachel

通过这些没有实际意义的仪式，让日常生活呈现出某种与众不同的重要性。

不知道从什么时候起，"仪式感"成了一个自媒体文章的热词。

　　一个人吃饭，要起个名字，叫"一人食"，还要配上素色的桌布、木筷子、淘来的和风小碗，用90度拍张照片。读书的时候，要关掉手机，断网，倒上一杯茶或者咖啡，一定要是纸质书，打开台灯，翻开一页，慢慢品味。买来许多"无用"的小物件，摆在窗明几净的角落，每天拂拭、打扫，让阳光照进来，晒在它们身上。

　　还有爱情里的"仪式感"：恋爱纪念日、约会纪念日、"520"、七夕、圣诞节、鲜花、高档西餐厅和明亮的灯光……

　　我不是要抨击"仪式感"。我自己在生活中，也是会寻求某种"仪式感"的人。

　　比如，写作的时候，我不会一直坐在电脑前码字，而是常常站起来，在客厅里来来回回、一圈一圈地踱步，抑或打扫卫生，一边做事，一边让脑海里的概念和想法自由浮现、自由组合，直到构造出一个完备的模型时，再把它写下来。

　　我的前公司是一家非常精干的创业公司，也深谙仪式感之道。公司每周五的下午都要开个周会，所有人放下手头的事情，聚在一起，看看数据，听听CEO讲话。

平时来了新人，总会由HR带着巡一遍楼，巡到的部门要起立鼓掌。

离职的时候，离开的人会在大群里发个红包，写一句"在这里的日子很开心，谢谢大家"，然后大家纷纷送上一句"前程顺利"——尽管可能没几个人认识他。

虽然这样的行为没太大实际意义，但的确会让每一个人感到：你生活在一个集体里，你在跟大家一起，做着一些正当、重要、有某种意义的事情。

我想，大多数在日常生活中追寻仪式感的人，其实也是一样的：通过这些没有实际意义的仪式，让日常生活呈现出某种与众不同的重要性。

这也是我们用来对抗"日常"的最好武器。

人为什么需要仪式感呢？仪式的本质是什么？是社会性和自然性的暂时剥离。

人在仪式之中，一切所从属的身份被暂时剥离了，不再有等级、尊卑、上下、分类和结构，一切参与者都遵循仪式本身的规则，而这套规则的导向，是将人往自然本性的深处进行引导：我是谁？

你会感觉到，一切熟悉的东西都变得陌生起来。你会重新去观察和思考它们的意义、它们与自己的联系，你会体会到一种独一无二、极端自由的感觉。

这就是自然性和个人性的释放，也正是人们在日常生活中追求"仪式感"背后的源由。

我们所追求的，不是仪式，而是将自己从等级森严的日常中解放出来，重新审视自己。

本质上，这是一种"掌控感"。

社会结构有一个很有趣的特点：只要你在社会之中，无论你处于哪个位置，都是社会结构的一部分，都必须遵循社会规则。

前阵子，很多人热炒"财务自由"这个词。他们总觉得，努力挣钱，做投资、当老板、开公司，只要自己能积累足够的财富，并且这些财富能带来稳定的"被动收入"，自己就自由了，再也不必为五斗米折腰。

真的是这样吗？

我认识一些创业公司的老板，以及一些大公司的高管。按一般人的认知，他们应该已经实现了"财务自由"。但我看到的现象是，他们每天还是飞到全国各地谈业务、做方案，天天在公司加班到凌晨，住酒店，可能几周都回不了一趟家。

在他们光鲜亮丽的生活背后，潜藏的永远都是：累，忙，没时间。这就是社会结构的残酷。社会有它自己的节奏，无论你是谁，都不得不跟着它的节奏跑。对他们来说，仪式感是什么？也许就是自己开车回家，到楼下不下车，在车里静静坐着的这一阵子。因为只有这一阵子，他们才是自由的。

只有这一阵子，他们才能褪去自己肩上一整个公司、一整个部门的重负，重新找回对自己、对生活的"掌控感"。

我们每个人其实都是一样的。我们都习惯了被生活推着走。早晨急匆匆去上班，一边赶地铁一边吃早饭；午餐在楼下买个便当；晚上加班到九十点，回去洗个澡，累得只想倒头就睡。难得有一个周末，也会睡掉一大半，再匆忙把这周的剧补上，然后准备下周一要交的报告。

这是你想要的生活吗？

在生活的重负之下，我们的自然性和个人性，都让位于社会性。

与其说是我们在生活，不如说是生活本身，在我们的生命里，不留情面地径直走过。一不小心，我们就老了。所以，我们借由仪式，给日常生活中的种种小事赋予意义，目的是什么呢？

无非是通过这些仪式，重新找回自己对生活的掌控，重新让自己感到：我才是生活的主人。这就是掌控感。

掌控感带给我们安全感——每个人只有确认自己的存在，

确认自己能够对身边的事物、周围的环境产生影响，确认自己的自主意识，才能确认自己的价值。而这是一切存在的精神基础。

我存在，是因为我觉得，我有价值；我有价值，是因为我觉得，我能掌控自己的一切。我能掌控自己的一切，靠什么体现？靠生活中每个重要的事件，每个仪式性的瞬间，每个"我能够不管不顾时间"去做一些"毫无实际意义"的事情的时刻。只有在这样的时刻，"我"才能体会到：是我在操控自己的生活，而不是生活在操控我。这就是一种"悲剧的神圣"。

回到"仪式"。特纳认为，人性在仪式、宗教和艺术中得以发展。

他认为，西方20世纪中叶的嬉皮士文化，正是扩展了"阈限"，抹除了社会结构，强调人性至上。在这样的背景下，人性迸发出创造力，再造了社会文化，使陈腐的、死板的社会，再次获得生机。

我们在日常生活中发展出来的种种"仪式感"，也正是一种内省和沉思。

在我读书的时候，我不是任何人，我只是一个读者；在我做饭的时候，我不是任何人，我只是一个厨师；在我创作的时候，我不是任何人，我只是一个艺术家。

诸如此类。

正是这种对生活的掌控感，以及它所带来的安全感，让我们得以在日常生活的庸常、无聊和空虚中，重新获得生命的激情。

这种现象把两个人联结在一起，就是爱情、婚姻，乃至于婚礼。

爱情之中的种种仪式，都是在强调一件事情——爱情本身，就是一种仪式。

爱情多伟大啊，爱情是两个人联起手来对抗全世界。

除了给生活创造一个又一个的"仪式"之外，还有什么方法，可以帮助我们提高掌控感呢？

1. 掌控身体

有氧运动，以及协调性的锻炼。

它的意义绝不仅仅在于提高体能，从更大的意义上说，是提高我们对整个身体的掌控能力。身体是大脑的基础，通过掌控身体，我们可以更了解自己的节律，获得更充沛的精力、更稳定的情绪和思维控制能力。这些都是保证我们的大脑工作在最好状态的基本条件。

2. 掌控时间

掌控时间，本质上就是提高我们对时间的知觉和管理能力。

前者，可以采取柳比歇夫的时间统计方法，记录自己每一天的时间开销，坚持一段时间，从而建立起一套自己的时间模型。后者，可以通过对时间的合理安排，将不同优先级、难度、类型的任务，分配给不同的时间段，来提高对时间的利用效率，杜绝被时间赶着跑。

3. 掌控情绪

一个人成熟与否，最主要的表现是看情商——也就是察觉他人的情绪和控制自己情绪的能力。

无论任何时候，情绪都是理性思考的大敌。学习正念，练习冥想，了解一些心理学中对情绪的管控方法，可以有效地摆脱情绪对大脑的影响。

4. 掌控目标

以上这些，都是使我们在日常生活中保持最佳状态的方式。而保持最佳状态的目的是什么呢？是实现我们的目标。

你一定要确立一个目标，一个你愿意为之奋斗、不断超越自己的目标，并把它细化、分解、落地，践行到每一天的活动之中，让自己看到每一天的进步，让每一天都成为"非同寻常的一天"。

这才是最本质的掌控感的来源。

一个人生活，
把时间怪兽喂饱

严小沐

一个人住需要勇气，需要有趣的灵魂，以及把时间怪兽喂饱的方法。自我像一个巨大的深渊，情爱不足以填补。

一

婚前，我曾一个人住了很久。

你知道的，在北京这个地方，如果你愿意隐匿起来，那是相当容易的，就像炎夏里的一滴水，还没来得及落到地上，就蒸发掉了。而那时，我刚和谈了很久的男朋友分手，一个人搬去遥远的北五环，生活变得更加乏味。

老实说，一开始一个人的日子也不算坏。一个人宅在家，蓬头垢面地盘着腿，把《康熙来了》翻出来，一期一期地看，一个人对着屏幕哈哈笑，管它东西南北。周末熬一锅汤能吃两天，到周一早上出门，提上一大袋垃圾才意识到又在家宅了两天。

是从什么时候开始厌烦的呢，这样日复一日、毫无营养的生活，以及膨化食品塑造的另一个我？

在某一天的某一刻，这一切激怒了我。我对着镜子看着腹部若隐若现的"游泳圈"，沮丧极了。我看见时间像一个巨大的怪兽，想一点儿一点儿把我吞没，把我变成一个满面油光的胖子。

我的内心是拒绝的。

那时候，我们公司有位非常貌美的女同事，待人和善，举止优雅。

一次，她邀请我去她家做客，一进门我便惊呆了。屋里一尘不染，飘散着淡淡的花香，墙上挂着她女儿创作的油画，草木幽幽，令人心旷神怡。我们盘腿围坐在茶桌旁的地毯上，她从厨房端出刚做好的芝士蛋糕。她已经独自带着女儿生活六年了，每当女儿温习功课时，她便看书或学英语。

那一天，我被她身上这种高度的自律深深震撼。相比起来，我的独处简直毫无意义。

她大概有100种把时间怪兽喂饱的方法。你看她插花、潜水、烹茶、煮酒，有源源不断的热情去学习新事物，去把日子一点点填满，变得丰富厚重，值得抒写。

有趣的灵魂太适合一个人居住了，不需要一些奇怪的假把式，人来人往，高朋满座，看上去闹哄哄。

二

如果有机会，一个人最好独立生活一阵子。即使是难的，容易孤独的。

我是一毕业便死活要一个人住的，而我的一位好友刚毕业就选择留在武汉，住在家里。

她找工作时以家为中心，以上班不超过40分钟的路程为半径。然而她家并不在闹市区，可选择的就业机会不多。她权衡之后，决定吃住在家。家庭的温暖像一张甜蜜的大网，轻而易举地网住了她。刚毕业的前两年，这样想当然是可以理解的，然而时间久了，弊端也慢慢显露出来。

职场发展前景小，频频遭遇瓶颈；亲情关系密不透风，难免为鸡毛蒜皮的事争吵；家住得远，周末常常缺席老友间的聚会……慢慢地，她觉得自己被抛出了正常的轨道。因为工作不顺，待遇不高，没钱租房，自然没法搬出来，来自家人的压力又压得她喘不过气，久而久之就成了一个死循环。

现代都市人都应该学会独处，尊重人与人之间的距离感。用和菜头的话说，就是"有一处属于自己的居所，无论是租赁还是分家得来，这是最具仪式感的成人礼。当房租、水电、清洁、维护等要全部落到一个人身上的时候，拥有愿意承担起一切的心态，是成年人的标志，也是独立生活的开始"。

一个人住需要勇气，需要有趣的灵魂，以及把时间怪兽喂饱的方法。自我像一个巨大的深渊，情爱不足以填补。"人啊，说到底还是需要自个儿成全自个儿。"不要总是怀抱幻想，依赖伴侣、友人、同事。

你需要成为的还是你自己，有安身立命的本事，有自己与这个世界连接的依据，不断向内探求，寻找答案。终有一天，你会发现那些苦涩的孤独在不断地滋养着你。

三

一个人生活更容易建立起自己的生活秩序。

每个人都有自己的生活方式，很多事情哪怕没了围观群众，在你心中依然有很重的分量。你不想表演给谁看，亦不想取悦谁，你只想从事物本身获取乐趣，读书、写作、画画、听音乐、运动，哪怕是做饭、布置房间……你学会了自己创造快乐，你似乎掌握了获得幸福的秘诀。学习与自己对话，与孤独相处，这是每一个人的必修课。

那年初夏来临的时候，我开始跑步了。我在小区的广场上跑，跑不动的时候便绕着广场走，细碎庸常的市井生活跑过来抱住我，让我感受到了某种真实。来北京这些年，是不敢懈怠地持续参与社会分工的几年，是没有生活、缺乏细节的几年。现在，广场式的夜晚弥补了这些。这或许便是一个人生活的乐趣，开始关心日常，并与之产生微妙又真实的连接。

有一次出门跑步的时候，太阳还没落山，有大片绚丽的色彩，泼墨似的洒在天边。有微风，新长出的叶子在夕阳里泛出油油的光，却不惹人腻。我戴着耳机，单曲循环着一首歌，不觉得枯燥，也不着急，只是机械地跑，一步一步，并不觉得辛苦。余晖在眼前一点点落下，那色彩由绚丽的绛红变成嫩嫩的浅粉，直到被大片的暗黑吞没，变成一个真正的夜晚。

跑了快两个小时，我终于停了下来，坐在长凳上大口地喘着气，风拂过我，身上的汗一点点干掉。

我的心里快乐极了，像开了一朵花。那些隐秘的欢乐击中了我，它只属于我一个人，在这座城市的某些时刻。

我也喜欢周六下午的三四点，那个时候我正好结束了大扫除，终于可以泡杯茶，坐下来歇一歇。所有的花草都已经洒了水，腊猪蹄已经炖在锅子里，没看完的小说可以继续摊开。阳光偷偷地从书桌移到了地板，又从地板移到了茶杯上，最后打在一把翠绿的竹子上，缓缓消失。

这些都是独居的美妙时刻。

四

不过寂寞是难免的，是真寂寞啊。在仲夏的夜晚跑步，停下来走一走，晚风温柔，蝉鸣从四处响起，散在风里；在寒冬的夜晚泡脚、发呆，洗脚盆里漾起浅浅的水纹，手中的书翻了一页又一页，脚下的水渐渐变凉……寂寞的时候，也会呼朋唤友，买瓜果菜蔬、鱼虾肉蟹，围裙一系，做满桌菜肴，与友人们聚在一起，像走夜路时一起大声放歌。

独居也是有技巧的，要尽快建立一套属于自己的"生活资源系统"：哪个菜市场的鱼虾最新鲜，离家最近的水果摊在哪儿，干洗店、杂货铺、五金店要一应俱全，去医院的路要知晓，附近最好有个派出所……你看，一个人生活可不是简单的事情，你要像一支队伍，自己既是将军，也是士兵。

另外，一个人的时候也是自我增值的好时光，去投资一切可以长本事、长能耐的事：学习、进修、放纵好奇心。每年定下一个小目标，学习一点儿新技能，走出舒适区……如此，你会发现更多元、更有趣的世界。

后来，我终于学会了一个人怎么把时间怪兽喂饱。可惜写下这些的时候，我已经远离独居生活两年了，我常常怀念那段旧时光。

青春与理想：拥抱

年轻人，便拥抱未来

严小沐

做自己喜爱的事远比做正确的事更重

要，追求最好的生活状态才能不负青春好

时光。

一出生就生活在网络世界里的"95后"，正纷纷步入大学校园，感受着最美好的青春年华。充斥着自由和梦想的大学时光，该如何度过才能与众不同？

　　作为"网生代""95后"从小伴随着网络和电子产品长大，天生就接受动漫、游戏、电影、衍生产品等。他们爱分享、好奇心强、理想多元化，且喜欢接触新鲜事物。他们认为，做自己喜爱的事远比做正确的事更重要，追求最好的生活状态才能不负青春好时光。

　　腾讯视频一直在关注这个潜力无限的年轻群体，致力于用优质的内容和多元的互动丰富"95后"的校园生活，搭建大学生成长的资源平台。2016年3月，腾讯视频把一群热爱视频的大学生聚集在一起，组建了腾讯视频校园官方社团——嗨剧社。这个高校社团搭建了非常完善的福利体系，丰富着每一位社员的校园生活。嗨剧社不但将明星带入校园，让大学生们看到最新、最炫的综艺节目，热门剧集和动漫内容，更传递着丰富的行业知识和满满的正能量。这让嗨剧社的社员们对嗨剧社很有归属感。

　　嗨剧社是腾讯视频的官方校园社团，是腾讯视频与大学生的沟通渠道。它通过校园活动广纳优秀人才，传播腾讯视频品牌和优质内容，早已成为高校中的"现象级"社团。截至目前，嗨剧社已经在全国62座城市的200所高校中迅速扎根，成为视频行业第一个，也是唯一一个进驻高校的官方社团组织。而在这之前，中国几乎所有的视频门户网站都没有在高校建立过固定的社团。

大学生的潜力成为嗨剧社的一大宝藏。随着嗨剧社的不断壮大，其在校园里承担的责任也越来越多。腾讯视频发现，学生们的反馈真实、诚恳，对视频内容和题材的改进和拓展助力颇多。在腾讯视频看来，这些年轻人是更纯粹的理想主义者，有时还带点儿哲学家的气质，所以"我们视频行业要关注他们，倾听他们，也要从他们身上学到有价值的东西"。

今年暑期，嗨剧社在腾讯视频所在的北京希格玛大厦里举办了为期四天的夏令营活动，来自全国各地的100所高校的123名学生、嗨剧社社长与腾讯视频的大咖们面对面开了一场"好时光议会"。"95后"带来了校园生态报告，腾讯视频的负责人们则分享了多年的行业心得。

"如果没有嗨剧社，我也许还是一个默默无闻的'普通同学'。这几天在嗨剧社夏令营的互动，让我了解了视频行业的专业知识，还结识了很多志同道合的小伙伴，俨然变成了家长眼中的'别人家的孩子'。"在嗨剧社夏令营接近尾声时，很多嗨剧社社长表达了这样的心声。

夏令营走一遭，让小伙伴们心生自豪，嗨剧社的福利让青春的价值感直线上升。遇上嗨剧社，他们的校园时光撞出了五光十色的火花。四年的校园时光，变得与众不同了！

遇到嗨剧社，不负青春好时光

来自安徽小城的项龙，今年开学读大四，1996年出生的他目前就读于一所农业工程学院的农林经济管理专业。尽管即将大学毕业，但项龙还是无法真正爱上自己的专业。项龙想过换专业，也跟父母摊过牌，但都于事无补。

他是2016年3月加入腾讯视频嗨剧社的，那时社团刚刚成立。在广州百无聊赖的项龙，在一个大学生常用的手机软件上发现了嗨剧社的推广广告，眼前一亮。当时他刚升大二，在那之前，日子像流水，大把的时光悄悄流淌，一去不返。他也急了，如果生活是一场缓慢的下坠，那他很了解那种无力感。

这并不是他期待的大学生活。

他热爱互联网，以及与互联网有关的一切。但在现实生活中，他始终找不到进入这个领域的入口。嗨剧社是他转型时遇到的第一个机遇。人生总有起落，如果没有结识这帮志同道合的小伙伴，他可能要花更多的时间去寻觅。

这样一个巧合，很快点燃了他原本单调的大学生活。

嗨剧社在高校搭建了非常完善的福利体系——从Q币、会员卡、现金奖励，到参加大大小小的明星见面会的机会；从腾讯视频提供的官方资源和活动物资等福利，到腾讯认证的荣誉证书和实习名额；从每周不同主题的全方位项目培训，到每月的片区聚会，再到一年一度的暑期夏令营活动……

项龙的生活很快充实起来，他成了社团的组织者——线上招募宣传、线下落地执行，学习带领70多人的团队，这些都让他迅速成长起来。一切从头开始，学习互联网运营、推广，学习视频拍摄、后期剪辑……从无到有，全方位进击。他感悟："原来青春时光可以如此美好！"

因为表现出色，项龙被挑选参加了今年的嗨剧社暑期夏令营。"嗨剧社打破了不同学校、不同地域之间的限制，在这里，我认识了来自全国各地的朋友。因为做活动，我们会经常见面，慢慢地，我对很多城市都不再陌生，觉得有归属感，因为每个地方都有我们的'盟军'。"

这个时代正在悄悄犒赏会学习的人。如今的项龙从广州辗转至上海，开始了梦寐以求的互联网实习生活。幸亏有这一年多的磨炼以及腾讯视频的品牌背书，让他有勇气、有能力跨专业选择自己真正喜爱的事。

从学生到创业者，唯有奋斗者才能主宰命运

如果说早期的大学生活让项龙彷徨无力，遇到嗨剧社是他误打误撞的自救方式，那么武汉理工大学的高竞哲与腾讯视频嗨剧社的相遇，似乎是一种必然。

这个来自湖北潜江、即将升入大三的男生，早在高中阶段便明确知道自己以后要干什么、想成为怎样的人。作为互联网原住民，他接触网络非常早，立志以后的人生一定要与计算机相关，积极拥抱互联网。高考填报志愿时，他毫不犹豫地选择了信息工程专业，大一下学期就成立了自己的公司，和几个志同道合的小伙伴开始创业，目前在拍摄短视频和知识服务类脱口秀。

不是不辛苦，但在滚烫的梦想面前，似乎辛苦都不值一提。

"一集3～4分钟的脱口秀，差不多要拍5个小时的素材。这中间遇到的困难还是蛮多的，要写脚本，借场地，找合适的主持人，后期剪辑……也走了不少弯路。后来，没有合适的脚本，我就自己写；没有场地，就跟学校保卫处借通宵自习室熬夜拍；没有主持人，就在学校海选，托人推荐，终于从大一新生里挑到了一个非常合适的学妹，1999年的。这个学妹虽然年

龄小，但综合素质非常强，思维活跃，反应灵敏，还是个'学霸'，托福考了112分。"

这些年的成长和变化，慢慢刻进他的肌理里。在这个成熟的大二男生看来，唯有奋斗者才能主宰自己的命运。天道酬勤，付出也终有了回报——到目前为止，他的脱口秀拍了6期，在所有的热门平台（腾讯、今日头条、天天快报、百家号）累计播放十几万次。

后来遇到嗨剧社，高竞哲如虎添翼。在那里，他遇到更多小伙伴，学习到更多新技能，对接到更多资源。很快，他过关斩将成了社长，在学校里小有名气，成为这个领域小小的意见领袖。

嗨剧社在吸引优秀学生加入的同时，也逐渐成了优秀人才的培养基地。对高竞哲而言，嗨剧社既是他享受兴趣的社团，也是衔接大学与社会的成长平台。在腾讯视频举办的"全国校园'尬脑'大赛"中，高竞哲获得了226分、总决赛第二名的成绩，被网络综艺节目《脑力男人时代》"面试天团"中的嘉宾聘为私人产品策划人。这个经历让他受益匪浅。

日本著名的企业家稻盛和夫认为："人分三种，自燃型、可燃型和不燃型。"想要成就某项事业，就必须成为能够自我燃烧的人。要成为"自燃型"的人，在热爱自己工作的同时，必须要有明确的目标。在高竞哲看来，自己是典型的"自燃型"人格，因为内在驱动力足够强大，对这个世界有足够强的好奇心，便无须他人敦促。

舆论对"网生代"群体有一些误读，对此，这个大二男生不以为然："虽然在这个信息爆炸的时代，大家都以为我们只知道'宅文化''丧文化'，但并不代表我们没有自己的理想。我们只是更愿意去做自己真正热爱的事，而非那些在家长眼里'正确'的事。在这一点上，嗨剧社的风格非常'95后'，特别懂我们，最大限度地给了我们自由和支持。这也是我喜欢嗨剧社的原因。"

世界是新鲜的，是允许不断试错的

这次来参加嗨剧社夏令营的，几乎一半是女生。与世界产生越来越多的连接与互动，以学生身份参与必要的社会分工，很明显让她们变得笃定明朗，大方自然，热烈鲜活。

美好的人生才刚刚开始，有些人有幸很早便遇到了点燃自己的"燃点"，而有些人则需要经历困惑、迷惘、寻找，需要一个不早不晚、刚刚好的契机。

在朋友们的眼中，李怡瑶从小到大都是"别人家的孩子"。一个热爱计算机编程的萌妹子，一边竞选为学生会主席，一边兼任嗨剧社上海片区主管，分管十多所学校的社团事务。忙里偷闲，她还考了个会计证，暑期在一家会计事务所实习。

这个来自上海立信会计金融学院的大二女生，颠覆了人们对埋头写代码的程序员的刻板印象——她长相甜美，眼神灵动，喜爱二次元和美剧。

至于加入嗨剧社的原因，她的回答别具一格："这个世界是新鲜的、多样的，是允许不断试错的。我的爱好太多了，好奇心也重，我想要得到多重体验。无论是学编程，还是学会计，还是加入腾讯视频，经历的过程都让我快乐。我想试试自己还可以做什么，还可以挑战什么。"

每做一件事，都能做得像模像样，可圈可点，很多人佩服她这一点。

"当时上海片区十多个学校的社团活动如一潭死水，面临的问题很多。我花了几天时间做详细调研，整理后把发现的问题一一罗列出来，并附上我的解决方案。然后把各个学校的社长都召集起来，大家一起开了两个小时的视频会议。"

这大概是李怡瑶能同时处理好N件事情的智慧，她能从错综复杂的现状中拎出最关键的点，一一分解。很快，她负责的嗨剧社上海片区在全国的综合考评中名列前茅。

李怡瑶性格活泼，心思细腻，非常适合做组织和外联工作。而嗨剧社活动丰富、内容优质，也是其他校园社团无法比的。自从加入社团，李怡瑶参加并负责了嗨剧社在学校里的一系列品牌活动，如"暑期young计划""点亮地球一起燃"和"好时光列车"。用她的话说，这些都是刷爆自己"朋友圈"的大事件，周围的小伙伴都很羡慕。

每一次活动联络、每一次动员宣传、每一次现场组织，都是寓历练于欢乐的过程，都为李怡瑶在踏足社会之前，积攒了丰富的实践经验。

"遇到嗨剧社，是我最美好的经历之一，它几乎改变了我的生活状态。"在李怡瑶看来，自己所学的专业需要长久地与机器打交道，必须沉浸在一个固态的小世界里；而嗨剧社正好弥补了这一点，与人打交道，需要释放能量，产生流动，就像一场静水流深的缓慢进化。

年轻人总有冒险的资本。他们似乎莽撞，但是新技术、新发现、新方向、新的生活方式，总是在他们中间出现。

这大概也是腾讯视频校园嗨剧社不惜投入巨大精力的根本原因。尊重年轻一代，尊重新事物，尊重潮流，尊重趋势，让时代的巨浪自然而然地漫过他们，就像巨浪曾经裹着我们往前一样。它最终带给一代又一代人欢乐、变革、成长、进化，直到长出新的姿态和样貌，不负青春好时光。

你真不喜欢钱吗？

闫红

并不是说，非得逼着自己穷凶极恶地去挣钱，只是假如你并不是清心寡欲的人，就不要拿懒惰当境界。

许多年前，我认识的一个人告诉我，他买东西，总喜欢买最贵的。

他指着鼻梁上的眼镜说："这副镜框就两千多块。"

要知道那是20世纪末，我一个月的工资才四百多块，但是他的话没能让我肃然起敬，反感却油然而生。我感觉他在炫富，而炫富的人是浅薄的。

他又问我是否喜欢名牌，可怜那时候我所知道的"名牌"无非是佐丹奴和天美意，我讷讷无言，在心里把他拉进了黑名单。

我不喜欢炫富的人，觉得他们既空虚又虚荣，可是那年作家张贤亮来合肥参加活动，活动间隙大家在休息室闲坐，他居然指着自己那条咸菜色的灯芯绒裤子问大家："你们猜我这条裤子多少钱？"

各种价钱被报出来，极高极低的都有，他笑而不语，末了说："我这一身，从上到下，无一不是国际名牌。"

我当时就无语了，心里想：至于吗？您老也是写出过《绿化树》《男人的一半是女人》这种名作的，怎么也拿什么名牌不名牌的来说事？再说了，名牌又怎样？还不同样是两条裤腿，你不说别人也看不出来。

看出来了吧，那么多年里我始终都是一个安贫乐道、不慕浮华的人。这不是仇富，我也知道那些名牌比大路货好那么一点点，可是那么一点点，值得我们花费那么多生命成本去争取吗？时间固然就是金钱，金钱何尝不是时间？那些东西再好，终究是身外之物，我宁可多一点儿闲适，与自己全身心地在一起。

简单来说就是，我觉得待在那里什么也不干，比急吼吼地到处去挣钱更有价值。这种疑似懒惰的想法并不是我一个人有，我的偶像嵇康先生多少年前就在《与山巨源绝交书》里写道：

（我）性复疏懒，筋驽肉缓，头面常一月十五日不洗，不大闷痒，不能沐也。每常小便而忍不起，令胞中略转乃起耳。又纵逸来久，情意傲散，简与礼相背，懒与慢相成，而为侪类见宽，不攻其过……此犹禽鹿，少见驯育，则服从教制；长而见羁，则狂顾顿缨，赴蹈汤火；虽饰以金镳，飨以嘉肴，愈思长林而志在丰草也。

个把月都不洗一次头，不到尿急都不去小便，他的性情与热爱自由的麋鹿相同，若是谁想强制他，他宁可转头去赴汤蹈火。就算有人优厚待之，他想念的，依然是山林与丰草。

美国人梭罗，算是他跨时空的盟友，也曾盛赞"懒惰是最诱惑人的事业"。

他们懒得振振有词，懒得富有优越感，给我提供了强大的心理支撑。至于说穷一点儿，根本不是事儿，可以使用替代品啊，只要内心强大，200块的裤子穿起来和两万块的裤子并无差别。《红楼梦》里，家境殷实的宝姐姐，除了和尚规定她必须戴的那个金锁，也不戴任何金饰玉佩之类，她是书中最为智慧之人，在繁华极盛的时候，就做好了家境凋落的准备。

有了这么多理论储备，我很容易就长成了一个懒洋洋的人，并且以这种懒洋洋为傲，对那些打了鸡血般去奋斗的人百般看不上眼，认为他们穷形尽相。这境界，庶几接近于嵇康、梭罗这些先贤了吧？

然而，30岁之后，我渐渐觉得不对劲，那就是，我并不真的像嵇康、梭罗那样安贫乐道。我喜欢物质生活，看见好看的东西会两眼发亮、满心欢喜，再极端一点儿，还会有过电的感觉，我没法不怀疑我之前对自己做的那些心理建设是自欺欺人。

而吾友黄小姐则给我提供了一个鲜活的例证。若能搜索一下黄小姐人生里的关键词，出现最多的大概就是"挣钱"。对于"挣钱"这件事的热情，黄小姐要是自称第二，我的朋友圈里没有人敢称第一。她每天写啊写啊，基本上不是在挣钱，就是在去挣钱的路上……

经我这么一描述，是不是好俗？可是我眼睁睁地看着随着黄小姐钱挣得越来越多，她也越来越美。这倒不是因为她有更多的钱去买衣服、做美容什么的，而是，她目标坚定，行动果决，脸上的线条越来越简洁，没有各种纠结淤积在脸上的晦暗之气，也没那么多闲出来的哀怨情伤，整个人是光洁明净的。

她的生活箴言是"先挣点儿钱再扯别的"，窃以为，是挣钱让她更爱这个世界，也让世界在她心中更可爱。

而我认识的另外一个姑娘，则走到了生活的反面。那天我接到她的电话，问我能不能帮她找个坐办公室的工作，哪怕月薪只有两三千。

她的话让我愕然，我们多年未曾往来，记忆中的她，美丽温婉，与世无争，从收入较高的业务部门主动退回到行政职位，只想精打细算地过好小日子。她喜欢植物，桌上有小小的多肉。她衣着朴素，以碎花为主，一条裙子穿在她身上，就格外像一条裙子，看着她袅袅然的脚步，总是未能免俗地想起"岁月静好"四个字。

但是，她告诉我，她所在的公司江河日下，她不能安心坐办公室了，要出去跑业务，她没有跑业务的能力，在公司已经快混不下去了。听着她的讲述，看着窗台上扑进来的阳光，我发现她落魄至此的原因，就在于她少了一点儿欲望。突然想到，我那些竭力与欲望划清界限的偶像，嵇康以及梭罗，他们都没有活得很长久，可我还想活得更久一点儿。

我和宝姐姐也不同，处在她的位置上，除了收缩欲望，无别的路可走。但现在，我们的生活可以有更多的可能性，假如宝姐姐活在当下，估计也会先去挣点儿钱。并不是说，非得逼着自己穷凶极恶地去挣钱，只是假如你并不是清心寡欲的人，就不要拿懒惰当境界。黄小姐说，当年她一个月挣400块时她很高兴，现在挣更多她同样高兴，重要的不是数字，而是一直在为自己的愿望竭尽全力。

另外，想挣钱这件事，如同保持贞节，自己想这么干没错，但不要成为衡量别人的标准。每一个人都是一片深海，也许人家志存高远，别有一番大事业可干，比如，暗地里琢磨着写部可以比肩《红楼梦》的名著而不屑于去挣钱。别管人家写得出写不出，只要人家自得其乐，就不关别人的事。

我们要做的，只是扪心自问：你到底喜不喜欢钱？如果喜欢，那就先去挣一点儿吧，把和自己的欲望做斗争的工夫，用在挣钱上吧。

租房记

Lemon

看着总有一天会到期的租房合同和疯狂上涨的房价，我心里仍有不安，似乎一切又都在走向另一个未知。

一

那间房间紧挨着厨房，不足10平方米，只有一扇朝北的小窗户。我打开窗户，视线被对面的大楼遮了个严实。

我犹疑了一下，跟中介小哥说："我再多看几家吧。"

中介小哥西装革履，衬衫领子下藏着一条闪亮的金链子。他眼珠子转了两转，操着东北话低声说："大妹子，只要签下你这单，我这个月的任务就算完成了，要不我再给你便宜100元，看在咱俩是老乡的份儿上，你就帮了我这个忙吧。"

我环视了一下简陋的房间，摇摇头说："我才看了两家，我总得比较比较啊。"

中介小哥的手机适时地响了起来，他接起电话"嗯""啊"了几声后，表情突然变了："你这么急啊？我得帮你问问才行。"他放下电话，一脸诚恳地望着我："有位大哥看上这间房子了，着急想租下来。要不看在咱俩是老乡的份儿上，我再给你便宜50元，就租你不租他了，行不？"

我天真地感慨了一句："这地方的房子这么难租啊！"

中介小哥的声调立刻高了一个八度："那当然！金台路附近的房子抢手得很呢！你不赶快做决定，恐怕这间也没了！"

我惴惴不安地问："其他房间住的都是什么人？"

中介小哥拍着胸脯保证："你放心，我只租给正经人，他们绝不会打扰租户的正常生活。"

我向来不懂得拒绝别人，加上那年刚到北京工作，很傻。在这两种原因的推动下，我签下了这份租房合同。

二

刚搬进新家没多久，我妈说要来北京看我。我花了一整个晚上洗衣拖地，生怕爱挑剔的她嫌弃屋子脏乱差。

接到我妈后，我和她打车回到了我的住所。她踩着精致的高跟鞋，咯噔咯噔地走上了老旧的楼梯。

"这楼也太破了吧，晚上安全吗？"她在楼道里东张西望，还没进门，抱怨就拉开了序幕。

"楼是旧了点儿，但都有监控的。"我用钥匙打开了门。

"这么小的房子住这么多人？"

"还好啦，反正大家平日里互不干扰。"

我妈在我的床上坐下，小羊皮手套、挺括的风衣还有名牌包在我昏暗的房间里显得局促不安。她问我洗手间在哪儿，我告诉她在主卧对面。

不一会儿，我妈受了惊似的跑回了我的房间："这洗手间也太恶心了吧？平时没人收拾吗？还有厨房，比'三无'小饭馆还脏！"

我耸耸肩："我收拾过几次，第二天又恢复原样了，后来我也懒得打扫了。"

我妈叹了口气，语气异常严肃："跟我回家吧，有轻松的工作，还有属于你自己的大房间，多舒服。"

"我在这儿挺习惯的。"

"那你找一套好点儿的房子，我帮你交房租。"

我摇摇头："我不想毕业了还花你的钱。"

这套房子是三室一厅的格局，我租的房间是其中最小的一间，可房间里却摆了一张硕大的双人床。中介小哥说房东不让乱动家具，我只好把不常穿的衣服叠好，堆在双人床靠墙的一侧，节省下衣柜的一部分空间放鞋子和杂物。房间里只有一张电脑桌，没有地方放书，我就找了一个纸箱立在墙角，把书一本一本摆进去码好，书脊朝外，看上去也像是一个简易小书柜了。洗手间和厨房是公用的，洗手间的地上永远有清理不干净的头发，厨房的洗碗池里永远都堆着没刷的碗。

我毕业前一直住在家里，拥有一间自己的卧室，墙壁是粉色的，窗帘是粉色的，床垫软软的，枕头旁堆着毛绒玩具。床边有一个白色的小书架，书架上除了书，还摆着穿蕾丝裙的洋娃娃。我妈觉得女孩子就应该喜欢粉色，女孩子的床就应该是软乎乎的。我妈还觉得，她进我的房间是不需要敲门的，我也不应该关门。

初尝独立与自由的味道之后，我毅然决然地选择留在我的破合租屋内。从那以后，我妈再也没来北京看过我，哪怕我后来已经有能力租下舒适整洁的独立住所。听亲戚们说，我妈每次跟人谈起我那间出租屋时，都忍不住掉眼泪。

三

住在主卧的女孩总是晚上六七点化好浓妆出门上班，早上七八点回来。因为作息时间不同，我在这住了半年多，也只是和她打过几次照面。本来我们各自生活，相安无事，然而不知从哪一天开始，她的下班时间提前了。

从此之后，每天凌晨四五点我都会被"咚"的一声关门声惊醒，我迷迷糊糊地看一眼时间，再继续蒙头睡。我以为自己很快就能适应这"咚"的一声，却不知道，后面还有层层考验在等着我。

偶尔，女孩下班后会带一些朋友来家里做客。这些男男女女吵吵嚷嚷地路过我的房门，进了女孩的房间。他们把音箱的音量开到最大，开心地聊着什么，笑声和音乐声一浪接一浪地涌进了我的房间。

我试图敲门提醒他们，但不知道是我的敲门声太小，还是音乐声太大，从未有人给我开过门。

有一次，凌晨四点我被一阵急促又剧烈的敲门声惊醒，一个充满醉意的男人的声音穿透墙壁清晰地传来："为什么？你为什么要跟我分手？"女孩不耐烦地说："我要睡觉了，你能不能先回去。"男人继续吼道："我不能！你告诉我为什么！"

我穿着睡衣冲了出去，还没开口说话，就被男人身上的酒气熏得晕头转向了。我努力保持平静："这位先生，我们都还在睡觉呢，你能不能小声点儿。"

男人把头扭向我，双眼通红："关你屁事！滚回你屋里去！"

我心里腾地燃起一把怒火："你打扰到别人了，你不知道吗！"

男人跨进门来，抬起拳头就要揍我。女孩挡在我和男人之间，抓住男人的胳膊劝他："你听话，先回家，明天我去找你。"

不知这样僵持了多久，醉酒的男人终于被女孩哄出了门。

四

我的隔壁还住了一对年轻的小夫妻，他们很安静，从不打扰别人，但对其他人的事也不闻不问。比如我试图劝阻女孩房间的派对时，或者差一点儿被醉酒的男人揍时，这对小夫妻都安静地缩在自己的房间里，一副与世无争的样子。

我以为他们会这样一直安静下去。直到某一天深夜，隔壁突然传来了婴儿的啼哭声。后知后觉的我这才回忆起，在此之前，年轻妻子的小腹是隆起的。但想象力贫乏如我，无论如何也想不到，会有人在这狭窄的出租屋内生孩子。

"搬家！必须搬家！"我受惊了般地自言自语，一如我妈当时被洗手间吓到了的模样。

第二天我找到了租给我房子的中介小哥，提出想要退租。

中介小哥懒懒地说："退租可以，当月房租不退，押金不退，水电费、网费不退。"

租了大半年房子，已经不傻不天真的我早料到他会有这么一手。

我摆出一副笑脸，甜甜地说："大哥，看在都是老乡的份儿上，帮个忙呗。"

中介小哥抬眼看我，一副语重心长的样子："怎么就不住了呢？这么好的地段和房子上哪儿找去。"

我装出一副百般不舍的样子说："换工作了，想离公司近点儿。"

"劝你最好住满租期，我们从来不给退钱的。"

我收起笑脸，把租房合同啪地摔在桌上："退不退钱你说了不算，合同说了算。"

中介小哥的脸沉了下来："退租可以，我们得先检查一下房子。"

当天下午，中介小哥带了两个彪形大汉来到我的房间，他们东看看，西望望，嘴里念念有词："哎呀，这墙都变色了，让我怎么跟房东交代，还有这厨房怎么这么脏啊。"

我不慌不忙地翻出手机照片："我刚租下房子时，墙壁就是这个颜色，照片可以作证。至于厨房，我从不做饭，变成什么样和我一点儿关系都没有，另外两户人可以作证。"

中介小哥看栽赃不成，立刻改变了应对策略："我最近有点儿忙，你过两天再去找我办退租手续吧。"

当然，我再也没见过这位中介小哥，每次给他打电话都被挂断。

后来我干脆一副泼妇做派,每晚下班后都赖在中介网点不走,指名道姓地喊中介小哥出来。中介网点里的人自然是护着中介小哥的,他们时而骂我,时而将我当作空气不予理会,还有一次直接把我推出了门。一筹莫展的时候,我想起那句"有困难,找警察"的标语,于是我冒着挨揍的危险对中介网点的主管言语相激,待他怒不可遏准备抄家伙时,我逃到人多的街上,拨通了110。

大概是从没见过为了1000元如此坚韧的人,一个星期后,中介公司的人终于不胜其烦,把押金和没用完的水电费、网费都退给了我。我接过那一叠现金,昂首挺胸地走上了铺满阳光的街道。

五

后来我搬到了中国传媒大学附近,找了一间窗户很大、没有高楼遮挡视线的房间。同我合租的是一个女孩和一对小情侣,他们年纪与我相仿,又做得一手好菜。我们很快成了朋友,生活轻松而愉悦。但偶尔也会有一些无伤大雅的小插曲,比如厨房的水管断裂,大水一直淹到客厅;比如从阳台上突然窜出来一只老鼠。

再后来我又搬家了，和男朋友麦师傅租了一套两室一厅的房子。客厅很大，足够我们的狗撒娇打滚、追跑玩闹；卧室采光充足，晴朗的早上我会被阳光吻醒。转眼一年过去了，房子到期了，房东主动带着合同前来续约，房租还维持着原来的价格。来北京四年，一共搬过五次家，这竟然是第一次租约期满时不用再心烦找房子、搬家。

我妈还是不肯来北京看我，却也不再唠叨着让我回老家工作了，似乎一切都在朝着好的方向发展。

但看着总有一天会到期的租房合同和疯狂上涨的房价，我心里仍有不安，似乎一切又都在走向另一个未知。

高 原 上 的 风

吹 不 散

执 着 的 背 影

从孤立去向独立

陈蔚文

处理孤独的能力与心灵、体格的发育是相匹配的，必须走过这个阶段，身心才会逐步强大起来。

一

在韩国电影《我们的世界》中，10岁的女孩李善在班上是被大家有意无意孤立的那一个。体育课上，同学们分组玩球，两组人都不欢迎李善，玩"石头剪刀布"游戏输的一组不得不接受了李善的加入，在李善不知所措地想要参与游戏时，组员却冤枉她踩了边线，要淘汰她。李善委屈地解释说自己没有踩线，可是没有人替她说话。还好，学校转来一个叫韩智雅的女孩，李善与她成了好朋友。在李善家，两个女孩头靠头睡在一起，约定以后要一起去海边。

一天清晨，李善缠着妈妈做紫菜包饭给智雅吃，母女俩的亲密刺痛了智雅——她父母很早离异，妈妈以工作忙为由，很少给她打电话。但智雅没告诉李善实情，而是谎称妈妈在英国工作。从那天起，智雅疏远了李善，开始与班上成绩最好的女孩宝拉玩，并和宝拉一起孤立李善，嘲笑李善……她们在伤害李善的同时也伤害着自己。

电影中，李善的眼神让人心疼——无辜，渴望友情，还有被孤立的尴尬，以及因为穷而产生的自卑。

那种在人群的外围尴尬地站着的感觉，于我也毫不陌生。

二

小学五年，我换了三所学校。刚满六岁时，我被外公外婆提前送进一所街道小学。学校的教学质量糟糕，班长的父亲是派出所的所长，老师常让她表演跳舞，但考起试来，她连大于号和小于号都分不清。我的成绩也好不到哪儿去。二年级下学期，我回到母亲身边，转进一所重点小学。至今我还记得，教数学的班主任站在操场上，告知我次日要测验，测试我是否有资格进这个班。她高大的身影如乌云般压下来，使数学成为我一生的噩梦。

我留在了这个班，而且很惶恐。陌生的同学，严厉的班主任，从街道小学到重点小学的成绩压力……

四年级，因为搬家，我再次转学。第一天上学，课间休息，一个样貌粗鲁的男生过来问我是从哪儿转来的。他的神情有些奇怪，不知是在表达友善还是在流露敌意。很快，我知道了，"他"姓方，是女生，但从不穿裙子，也不进女厕所。

这个班的同学中有一半以上是附近一个工厂的子弟，都是划片进来的，包括方。她有若干女友，男生们管她的女友叫"嫂子"。"嫂子们"风格各异，她们总是凑在一块叽叽喳喳，吃着方买的零食。她们议论其他男女生，下课后会分几拨热闹地跳皮筋——这是我不擅长的。有时为凑人数，她们也叫上我，但我很快就会被淘汰，她们便不再叫我。成绩好的女生也有自己的小团体，我当然也进入不了。所幸，有个叫李元洪的女孩与我亲近，她有一头黑亮的长发，身材苗条，性情温良。放学后，我常去她家写作业，她会找出各种零食和我分享，在她家的时光是我那几年最轻松的一段时间。升入初中，她去了另一所中学，我们见面少了。再后来，她搬家了，我们彻底失去了联系。

我的大部分小学同学与我升入了同一所初中，有些还与我同班。其中有五六个工厂子弟仍旧集结在一块，都是女生，有个瘦高个儿的是她们的头儿，姓贺，大我两三岁，比班上其他同学成熟得多。她成绩极差，常议论些是非。有一回，几个工厂子弟对我指手画脚。"她擦了口红。"贺下定论道。我完全摸不着头脑，要知道，我母亲从不许我和姐姐有打扮之念，在我家，一个少女使用口红完全可以等同于道德不良。

但贺的定论是不容争辩的。然后，有一些莫名其妙的流言传开，不只是涂口红，还有其它杜撰的事。因此我越发寡言，成绩下滑。

有一次春游，母亲因加班，未给我准备零食，午餐时，老师见我独坐一旁，了解情况后，便领我到一排女生前，让她们匀些食物给我。恰巧此时有人叫她，老师急忙走了。

老师走后，那排女生看我一眼，没有一个拿出食物。

这种糟糕的感觉要很久才能消化掉，或者永远也消化不了，转而出现逃避集体及自我评价过低等症状。

在《我们的世界》的尾声，智雅遭遇了李善曾遭遇过的尴尬——在游戏中，她被说"踩线"，李善作证："她没踩线。"这是一个被孤立的女孩对同伴的理解，也是她对友情的渴望。

三

亲戚的孩子和我说，他们班上有个同学，成绩总垫底，同学们都不喜欢他。有一次期末考试前，老师说，如果这次他能考及格，不拖全班的后腿，就让班上的女生替他写一次作文，全体男生都欢呼起来——老师或许是想以开玩笑的方式激励他，可这种"激励"不如说是对他的逼迫，一旦他这次仍没考好，要面对的是全班男生的奚落。

我对亲戚的孩子说："当其他同学嘲笑那个男生时，你要伸出友谊的手。"

"可他好皮啊，成绩又差，我们都不爱跟他玩。"

如果"皮"就是他自我保护的方式呢？他要装着满不在乎，才能减弱他因为成绩垫底而遭受嘲笑与被孤立的尴尬。

回想过去，如果你也有过一段无助的经历，一定想隔着时空拥抱一下过去的自己吧——那个无助的孩子，因为经历过无助，他（她）对人性才会有更多体察，才会意识到，任何时候，都不要畏惧孤立——成年人的世界里同样充满圈子以及各种理由的孤立。曾听有人说，她有个同事跟小她4岁的男友在一起多年，没领结婚证，这成为同事们孤立她的原因。"她没做过任何影响他人的事情，只是她的行为和我们不一样，所以就被孤立了。"越怯弱，越敏感，越在乎，往往越被孤立、困扰和压迫。

老实说，有多少未成年人能做到对被孤立这件事满不在乎呢？毕竟在孤立的身后，还有一个庞大的阴影——孤独，这是未成年的孩子难以处理的，因为处理孤独的能力与心灵、体格的发育是相匹配的，必须走过这个阶段，身心才会逐步强大起来。

这段路无疑是艰辛的，它可能通向两条路：一条是学会选择和自爱，变孤立为独立的成长之路；另一条是被孤立所扰，从此太在意他人，害怕冲突，不懂拒绝，宁肯委屈乃至伤害自己，也要去维系一些虚幻的友谊。

所幸，电影中的李善尽管被孤立伤害，仍向同伴智雅伸出了橄榄枝。不管两人是否能够和好，重新成为朋友，这段经历都给李善上了一堂课，也带给观影者以思考：如何面对被孤立，如何走向更开阔的地带。

他始终是一位好父亲，竭尽全力维持着那份作为父亲的尊严和人前微薄的体面，不曾亏待过儿女一分一毫。

卖鱼记

谭诗青

最初的最初，我在一个小集市生活了12年，就住在"门市部"里。门市部的房檐下，用油漆写的招牌上的大字已经模糊不清，但逢农历一、四、七日过来赶集的人都知道，这里是"门市部"。这家的花生油是整个集市里最正宗的，这家的大米是最实惠的。一斤花生油一般是5.5元，最贵时是6元。一个景田矿泉水瓶，装至包装纸上方一厘米处，就是一斤花生油。桌子上摆着五六瓶，周围的邻居或熟客都会直接拿桌上的；遇上挑剔的客人，就会要求从油箱里重新倒，还要过秤。爸爸下海经商遇挫后，我们一家人基本就靠着这小小的门市部过活。

　　上到三年级时，这个小集市开始有些发展壮大的趋势了，菜市场便迁了址。"油香也怕巷子深"，来买油的人越来越少了，甚至好几天都没有。

　　还好到这年的冬天，爸爸养的鱼，终于可以捕捞了。

　　数量最多的是罗非鱼，但那一年鱼的价格却很低，在收购商的暗箱操作下，一块钱可以买到三斤。

　　爸爸不愿随大溜，就在摩托车的后座横上一根大木棒，串起了两个蓝色的大水桶。我不知道一桶鱼有多少斤，我只记得在傍晚的西风里，鱼价让我尝到了绝望。

自从知道鱼价，妈妈基本上就不跟爸爸说话了，一说就吵。这些年的投资全都打了水漂。那个冬天，妈妈一次都没有到过鱼市，哪怕只有不到5分钟的路程。从爸爸的鱼塘到鱼市，骑摩托车大概需要一个小时，在这一个小时的路程里，基本没有任何人家，黄泥路在持续的绵绵冬雨里更加坑洼不平。

我蹲在角落里抱着小半桶鱼，不敢吃喝，甚至不敢抬头，耳朵却竖得尖尖的，期待听到爸爸摩托车的声音。可是那么多辆车停下、开走，没有一辆是他的。周围的吆喝声、叫卖声、讨价还价声渐渐弱下去，夜幕一点点侵蚀太阳的余光，没有人来问我这桶里还尚存气息的鱼多少钱一斤，更不会有人告诉我爸爸什么时候来。只有一个穿着军绿色大衣的"老托"站在我身边抽着水烟筒，那天我是唯一一个没给他辛苦费的鱼贩。那些钱被我揣在怀里，我紧紧贴着鱼桶，双手抓着鱼桶上沿。5块钱虽算不上天文数字，但妈妈卖10斤油还挣不到10块钱，何况，还有期末需要结算的学费。

我不知道我们僵持了多久，我害怕他抢我的钱，也害怕他拿我的鱼。这场沉默的战役，最终我取得了胜利。

爸爸回来了。从鱼塘出来开了半个小时，他的摩托车就没油了。在那段坑坑洼洼的路上，他独自推了差不多两个小时，摩托车上还有两大水桶的鱼。最后,他在街口加油站用几条大泥鳅换了一些汽油。

鱼市没有电灯,附近的瓦房逐渐亮起了闪烁的灯火。整个鱼市基本没有来往的人了,爸爸叫我先收拾收拾回家,说那两大水桶的鱼今晚是卖不出去了,得找个地方安置。

然后,他蹲在鱼摊边,从衣兜里掏出一支曲折褶皱的烟和一盒被压得瘪瘪的火柴。不知道是不是因为天太冷,他的手一直在抖,划不着火柴。他把烟在唇上叼了一会儿,又把它取下来放回衣兜里。我沉默着,翻出菜篮子里的钱,零零散散地数着。

爸爸说:"明天不要来了,把钱交给老师,去上课吧。"

我捏紧手中的钱,眼泪在眼眶里打转,还差五十多元。一个"好"卡在喉咙里。

爸爸从桶里抓了两条鱼出来,用稻草串好,拎起那小半桶鱼,说:"你先把鱼拎回家煮吧,我把其他的送到你爷爷那里放一晚。"

听着爸爸的摩托车的声音渐行渐远,我蹲在那儿,把头埋在膝盖里哭了。

过了好一会儿,有拖沓的脚步声由远而近,一个苍老而嘶哑的声音突然响起:"怎么啦,还不回家?"

我心里一惊,用手抹了一把眼泪,猛地抬头望着那件军绿色大衣，衣服上的油污像是好多年没洗了，我突然感觉这一段时间的压抑得到了一个新的发泄口，我说："我没有钱，还差五十多元，我不想去上学，不想听他们吵架，你不要再问我了……"

他不说话，慢慢掏出一些块票和毛票，数出一部分，放在摊边上，拎起两条鱼，说："鱼我买走了，回家吧，明天要上学的。"

他站了起来，我只听到一声长长的叹息，然后便是走路时脚下发出的鞋子拍打地面的声音。他微驼的背影，走得极慢极难，一步一步，像是要把冰凉的大地踩开，我不敢喊他，直到他的身影隐于黑暗中。

然后，我拿起鱼摊边上他放下的钱，放到装钱的篮子里，双手抱紧篮子，狂奔回家。

跑到我家院子的铁门外，我才想到：没有鱼了，今晚吃什么？我忽然不敢走进去了。我坐在门前的几块砖头上，脑袋一下子懵了。

不知过了多久，远远地，听到爸爸的摩托车声，我撒腿跑去。

我跟他说："鱼卖了，卖给了鱼市的'老托'，他多给了我钱，够交学费了。"

爸爸不说话，又翻出那支曲折褶皱的烟和那盒被压得瘪瘪的火柴，划了几次才划着，点了烟。他深深地抽了一口，把我抱上摩托车后座，开回院门口，卸下装在车尾座的一些地瓜和两个大白菜，说："你拿回家，先吃饭，别等我了，爸爸先找个人。"

回家，只有锅碗瓢盆的声音，无人声。

这晚，谁也没提起爸爸。

第二天，我回校，交了学费。

不到一个星期，爸爸的鱼全部低价卖给了收购商。

就在没回家的那天晚上，他几乎是求着收购商将鱼买走的。

他那么努力，那样拼搏，可生活终究慢待了他，30岁时的失败，不仅造成了他40岁的落魄，甚至还有以后很长一段时间的仰人鼻息。

只是，他始终是一位好父亲，竭尽全力维持着那份作为父亲的尊严和人前微薄的体面，不曾亏待过儿女一分一毫。

我的第十一根手指

张玮玮

人在无处可藏的时候，才能真正地看到自己。当你靠自己走出低谷，那就是人生的凤凰涅槃。

1985年，联合国将"青年"定义为15岁到24岁之间的人群，如果按照这个标准，那么恭喜1993年出生的朋友，你们可以踏上养生的光明大道了。

联合国的这个说法比较适合中国的古人。在古代，女孩15岁开始盘头待嫁；24岁叫"花信之年"，意思是24个花期的花开完，青春到此为止，姑娘你只能美到这儿了。我今年40岁，朋友里有一些同龄的未婚或离异的单身女性，我目睹了她们怎么让自己春去春又回，她们可不会认可这定义。中国传统文化对年轻人都是催熟的，二十弱冠、三十而立、四十不惑，人生就是这样，你最好规规矩矩地升级。

一

俄语里有个称呼年轻人的词"OTPOK"，意思是没有话语权的人。我年轻时就很少说话，因为我知道，根本不会有人愿意听我说什么。我是在一个西北工业小城的家属院里长大的，集体大院的辈分等级森严，见到比你大的就得叫哥，哪怕只大一岁。遇到年纪比自己大的人，最好的选择是闭嘴，按他们的话说是"嘴犟就是眼泪，动手就是残废"。所有人都热衷于欺负小孩儿，反正"下雨天打孩子，闲着也是闲着"。小朋友们都盼着能快点长大，在早日为祖国的四化建设做出贡献的同时，能少受些欺负。

有很长一段时间，我一出家门就紧张，尽量溜墙根儿走。那时候看电视剧《济公传》，里面演济公有片树叶，往嘴里一含人就隐形了。于是，我尝遍了路边的"百草"。家属院里的孩子都没有什么理想，读完中学去工厂接父母的班是天经地义的。我看着家属院里三四十岁的人，想着自己将来或许就是他们这个样子——每天在国有工厂里坐吃山空，把一个人的事情分给十个人做，这样大家就可以喝茶、打牌、领工资了。这里的每个人都深谙国有工厂的生存法则，谁也不会多做什么，谁也不想改变什么，就这么直到天荒地老。他们不可能听年轻人说什么，年轻人是不懂事的，年轻人终究也是会变成他们的。我之后再也没见过像国有工厂里那么闲适的人群，他们嘴角挂着无所谓的微笑，迈着慵懒的步子，走向下岗失业的那一天。

庆幸的是，我的父亲并没有打算让我进工厂，他是一名音乐教师，从小就逼着我学乐器。中学毕业后，我在他的安排下进入一所师范院校的音乐系，学习器乐和音乐教育。但学校并没有让我觉得生活有什么改变，每样乐器背后都有如山的教程，所有的练习也还是继续催熟。老师关心的只有进度，谁也没打算从音乐里真的体会到什么。琴房里时刻都有人在刻苦练琴，大家都知道那些音符意味着什么——它们是考试的分数，更是求职的证书。世界还是那样，没有年轻人发言的余地，甚至没有发言的必要。我就是在那时开始学起了吉他的，那是我在学校里唯一的收获，因为在这个乐器上，没有人催我成长。吉他有种来自民间的平和，即使我当时只是个初学者，也可以用几个简单的和弦抒发自己的情绪。

每天舍友去上课或练琴，我就在空空的宿舍里弹吉他，那是我能找到的和音乐相处的最好方式。世界还是那个世界，但世界好像也不是那个世界了。男女同学从窗口经过，风吹起一个塑料袋，树枝随风摇摆……曾经毫无意义的那些事物，似乎都在召唤我。

宿舍里唱美声的大哥语重心长地劝导我说："你想想父母多么不容易，要好好学正经音乐，将来找份好工作报答他们。"我听着也觉得挺惭愧，可怎么办呢？我不确定自己是不是有品德问题。我当时能想象到的最好的未来，就是毕业后去黄河沿岸的乡村学校做一名教师，40岁的时候桃李满村庄，在河边捋着髯、看着云，周围的孩子们唱的都是我教的歌。转眼毕业了，我才发现自己依旧是"OTPOK"，根本没有机会去河边教桃花李树唱歌。

家人给我安排了两条路：一是去博物馆当管理员，二是去某文工团当乐手。我想了一下，文工团和国有工厂也没有什么区别，去了还是坐吃山空。而博物馆，只能让我想到中山装和近视镜，以及坐在越来越厚的灰尘里的情景。家人觉得我正处在人生的关键时刻，生怕我犯糊涂毁掉自己，每天四处求人，回到家再对我动之以情、晓之以理。就在我打算扔硬币做个了断的时候，我的第十一根手指指向了别的地方。

二

那年春天的某日，兰州突然天降大雪，我恰巧在街边遇到了几个好久没见的朋友。于是，大家结伴去喝酒，席间，他们说第二天要去广州闯荡。天亮后我借着酒劲儿，借钱买了张硬座火车票，踏上了开往南方的火车。到广州后，果然不出所料，改革开放的浪潮汹涌，我们直接就掉到了生活的最底层。撑过濒临饿死的四个月后，我靠在地道里卖唱赚来的钱买了张火车票，踏上了开回西北的火车。上车前，我在广州火车站给家人打电话，眼含热泪地发誓：回去就找工作好好上班，成家立业，孝敬父母，回馈社会。

在家待了不到一个月，我又趁着家人还没起床，踏上了开往北京的列车。家人以为三个月后就会接到我从北京火车站打来的电话，可谁都没有想到，我这一去就是14年。

刚到北京时，我借住在一个朋友在郊区租的小平房里。朋友也是来自西北的音乐青年，我们俩每天一起练琴，一起望着北京市的地图，寻找打开这座都市的密码。朋友在北京有个表哥，是中国人民大学的教授，有一天说要来村里看我们。他是我见过的第一个真正的知识分子，举止言谈令人肃然起敬。我跟朋友坐在院子里，像参加考试似的轮流给表哥唱了自己的歌。我唱完后他什么也没说，不过我也习惯了，反正从来都是这样，没有人愿意听我说什么。晚饭后我们送他去坐回学校的公交车，大路和村子之间隔着一大片麦田，我们穿行在麦田中。突然，他对我说："玮玮，你一定要找到一个纯洁的集体，待在里面好好唱歌，别的什么都不要做。"

这句话深深地击中了我，我从来没有收到过那么有效的鼓励。这么多年过去了，我还清晰地记得那个时刻，并给它脑补了滤镜：黄昏，风吹过麦浪，泛起层层金光，剪影效果的三个人，一个瘦，两个更瘦。

很快我就在北京找到了更多和我一样，或者经历比我更坎坷的年轻人。那些长期被视为没出息、不务正业的"失足青年"，都挤在京郊破旧的小平房里，饥渴地更新着自己。我感受到了前所未有的激情和勇气，曾经那个遥远而陌生的新世界向我敞开了大门，我可以在那里按自己的意愿重新塑造自己。

到北京的第三年，我开始在独立乐队做乐手，并且接触到了很多优秀的音乐人。从那时开始，我就再也没有离开过这个领域、这些人，因为我非常确定自己找到了"纯洁的集体"。2002年，我同时在三个乐队做乐手，全部的生活就是和他们一起排练、演出。那时的乐队处境都很艰难，经常是一场演出下来，每个人只有几十块钱的演出费。但是，我从来没有像那段时间那么快乐过，每一天都完全投入地拥抱这个世界。我的生命，第一次走到了彻底的高潮。

三

2003年，SARS病毒席卷中国，一时间，京城百业萧条，演出场所几乎全部关门停业，对我们这些本来就勉强度日的乐队来说，这无疑是雪上加霜。没有演出机会，很多乐队只好解散，我所在的几支乐队也难逃此劫。乐队解散，朋友们纷纷离京，我像坐在一辆飞驰的梦幻之车上，突然被一个急刹车甩到了车外。之后的两年，孤独和无助像大雪一样掩埋了我，我开始变得焦虑，整夜失眠，脑子里像是有一台不停换频道的收音机。我躲在小平房里，白天完全不出门，晚上在沉睡中的北京城里四处游荡。每当昼夜交替时分，我都觉得自己像是死了一次。

那时"抑郁症"这个概念还没有深入人心，不过好像没有这个词，人更能直面痛苦。没有人会送来"百忧解"，我只能靠自己把自己从黑暗里拉出来。2006年，穷困潦倒的我实在无法维持生计，只好硬着头皮在一家唱片公司找了份工作。我在办公室找了个角落，然后用书把电脑垫得高高的，让谁都看不见我。每当有音乐人来公司，我就觉得羞愧无比，觉得自己是一个逃兵。可是人的适应能力很强，脸皮也没有想象的那么薄，慢慢地，我和同事相处融洽了，电脑的高度也降了下来。就在我几乎要换上西装、拎起公文包的时候，我的第十一根手指又动了起来。那年秋天，我辞职了，组了一支自己的乐队，开始艰难地走上舞台，唱自己的歌，直到现在。

四

我到北京时21岁，离开时已经35岁了，去的时候一文不名，走的时候依旧两手空空。但北京就是我的人生大学，它给我的是比财富更重要的东西，我在那里经历了此生最美好和最痛苦的时光，它就是我的青年时代。那些美好会成为终生的营养，而痛苦也会成为验证自我的烙印。人在无处可藏的时候，才能真正地看到自己。当你靠自己走出低谷，那就是人生的凤凰涅槃。

今年，我整40岁，并没有成为所谓的成功人士，也没有达到先祖要求的四十不惑。放眼周围，和我同龄的朋友也没有几个真觉得自己走出了困惑。我知道，还在困惑是因为不满足，还对自己有要求。是不是"OTPOK"并不重要，因为被别人认可没有用，只有被自己认可才是真的。

我从登台演出至今，已有18个年头。令我奇怪的是，台下的观众永远是年轻人。有时我就想，当年的年轻人去哪里了？人终究会成为自己想成为的那个人，你现在把自己设定成什么人是最重要的。所以，我们可不要凑合，在一件事上凑合，在所有的事上都会凑合。青年们，当心啊，你真的会成为那个人。

能心平气和地使用『朋友圈』是一种能力

梁爽

不要为了记录并分享那些美好的瞬间，而忽视了身边人的感受，以及此时此刻的生活品质。

美女同事小曲告诉我，她因相亲男谈论"朋友圈"的态度，而婉拒了对方。

初次见面后，相亲男就猛烈地追求小曲。有一次俩人散步，从生活、工作聊到"朋友圈"，相亲男滑着手机，介绍自己"朋友圈"的生态。

"这是我的大学室友小A，你看他去日本旅游时拍的照片下面就开了当地的定位，他回鞍山老家怎么不定位了？"

"这是同事小B，你看她上午发的这张摆拍，是要炫耀她爸买的新车呢，还是要展示她戴的那块腕表？"

看到小曲被他的话逗笑，相亲男更加起劲地点评起来：看到妈妈晒娃觉得心烦，看到美女自拍觉得和本人不像，看到微商广告觉得坑人，看到情侣秀恩爱觉得不舒服……

相亲男时而羡慕嫉妒恨，时而恨铁不成钢。小曲借故结束约会，到家后联系相亲男，说觉得俩人不合适。

我不太懂小曲拒绝对方的原因，小曲解释说，她想找个成熟稳重的睿智男友，而相亲男使用"朋友圈"的态度，显得他心智不成熟。

一是他的想法相对消极偏激。

他觉得"朋友圈"里很装的人，可能人家只是在记录行走轨迹，可能名牌在别人的生活里就是很平常。他缺什么，越会觉得别人在晒什么。

二是觉得他不懂思辨和包容。

人性比钻石切面还丰富，而他却仅凭几条"朋友圈"里的消息，就狭隘地给别人贴标签、下定义，对复杂的人性还持有二元论评价体系，对别人不同于自己的生活方式接受度较低。

看一个人的成熟程度，比看他发的"朋友圈"内容更重要的是，看他输入和输出时的心态。

一个成熟的人，会心平气和地使用"朋友圈"。

"朋友圈"是2012年上线的，距今有5年的历史了。我前几天问一位读者，刚用"朋友圈"那会儿和现在用"朋友圈"，心态上有何不同？

她回复我：以前太把"朋友圈"当回事了，常是写了又删，删了又写，写了再删，删了再写。内容不能太矫情，也不想让别人猜透自己的处境，但是又希望有人理解背后的深意，发出后觉得不妥又立刻删除。

发完后，心情忐忑地守着点赞和评论乍惊乍喜，简直是当成绩效指标来关注。

后来渐渐释怀了，工作业绩摆在那儿，领导不会觉得你太闲，真心的朋友会懂你，别人屏蔽、拉黑你，谁也拦不住。

现在她发"朋友圈"时没有那么多内心戏，完全有种想发就发、爱谁谁的随性。

很多人的成长，就体现在对待"朋友圈"的态度上。

某友，为了让自己更加自律，几次停用、开启"朋友圈"，但依旧没有过好生活。

后来他痛定思痛，意识到如果不自律，不会管理时间，不会好好和自己相处，那用不用"朋友圈"只是表面问题。

性格腼腆的表妹刚工作时，为了能和同事说上话，经常翻看同事的"朋友圈"，了解同事下班后的动态，成为"朋友圈"里的"秒赞王"。

后来她才明白，加了微信，未必就能加入一个圈子。随着她迅速成长，能够独当一面，才和同事结下深厚的战友情。

她对待"朋友圈"以及人际关系，都越来越不卑不亢。

我发现，越是成熟的人，看待"朋友圈"越是云淡风轻、波澜不惊。他们能够理解并包容"朋友圈"里的参差多态——有人爱发生活的苟且，有人爱发诗和远方，有人过了糟透了的一天会发张自拍给自己鼓舞下士气，有人发的那段矫情语录是特意为在乎的人而写，有人在网络世界中活出了与现实世界不同的自己……

　　一个时刻代表不了一个人浩浩荡荡的一生，没必要上纲上线地给"朋友圈"里的人贴标签。

　　罗素说："须知参差多态乃是幸福的本源。"只要不侵害他人的权益，别人"朋友圈"里的生活方式都值得尊重。

　　用"朋友圈"记录生活，但别让"记录"大于"生活"。

　　张爱玲曾说过："照片这东西不过是生命的碎壳，纷纷的岁月已过去，瓜子仁一粒粒咽下去，冷暖自知，留给大家看的唯有那狼藉的黑白瓜子壳。"

　　所以，不要为了记录并分享那些美好的瞬间，而忽视了身边人的感受，以及此时此刻的生活品质。

『夹缝』就是我的归宿

Cherry Wang

即使有时候你会让我觉得无力，我依然不会离开你。在这儿我能感觉到自己的存在，这儿有太多让我眷恋的东西。

我来香港8年了。从8年前在4平方米的房间睡了一年地铺，到现在做着跨国企业的采购员，住着地铁站边的两室一厅，还有能力让父母来港定居。我的故事其实并不热血也不励志，可是我想让你了解一个新闻之外的香港。

　　这是我的香港。

一

　　我的父亲如果喝点儿小酒，就会回忆他送我上直通车的那一天。我只订了3天的廉价酒店，身上的现金只有六千多港币。他在火车站亲亲我，我就走了。父亲说过无数次，当看到我过关的背影，他突然后悔了——就这样让她走了？目的地是从来没有去过的地方，那里没有人接应，没有长期的住处。与我同期到香港的人，都是有亲戚朋友可以投奔，起码也是由父母一方送到香港的。他说那一刻他觉得自己没有尽到一个父亲的责任——如果有什么意料之外的情况，他和我妈那时候连港澳通行证都没有。父亲用醉酒之后的喋喋不休来纾解他挥之不去的内疚感，而那个时候年轻的我，还拿捏不准什么叫多愁善感。

直通车从深圳进入香港，眼前是一片醉人的翠绿，干净的街道、开阔的视野、精致的设施——这是我在电视里见过的香港吗？与大多数人印象中的繁华不同，我对香港的第一印象，竟然是新界那满眼苍翠的山和东铁站台上闲适安逸的人群。

一种强烈的直觉占据了我的大脑，一颗柔软的心突然变得如磐石般坚硬。我跟自己说："我回不去了，这里就是我的归宿。"没有激动，没有害怕，有的只是一点点伤感。在直通车上，我默默地和家乡告别，即使那时的我根本不知道毕业后是否可以在香港找到工作，是否可以挨得过获得居留权要求的7年。那时的我用幼稚的坚定给自己壮胆。

那时，几乎每个来香港读研究生的人都抱着要留在香港的心态，我们不是可以拿奖学金去常春藤高校的最好的一群，但也不甘于随便在家乡找份工作度过余生。香港亦中亦西，是最适合我们的角落。可是"角落"——连接不同维度的直角，其实也可以叫作"夹缝"。在香港定居，从来就没有那么容易。

在港大的那一年是开心的，时刻伴随着一种留不住时间的危机感。我最喜欢在没有课的时候，坐叮叮车去港岛不同的地方，一口气由西环走到上环，沉浸于旧时代留下的印记，惊喜于与来港之前看的TVB剧集里的场景不期而遇，时时刻刻提醒自己：我在香港。那种感觉壮丽而悲怆，像是一个登山的人攀上顶峰，激动地看着眼前连绵不绝的群山，而那群山，是他接下来要征服的前路。

毕业是无可避免的，身边的人一个个地走，带着不同的理由：内地的发展更好，父母要我回去，香港不适合我。而我在2008年金融海啸的时候，顺利地找到了工作。

我听到了很多的声音，听得最多的就是："你会粤语嘛，所以你留下来了。"没有人记得我其实来自一座北方城市，粤语根本不是我的家乡话——我连个广东亲戚都没有。"你可以像我一样学呀。"这句话快要脱口而出，又硬生生地咽了下去。人各有志，每个人只是选择对自己最好的去处，给自己找最适合的理由。

二

第一份工作，有幸运，也有不幸——我遇到了最好的直属上司，也遇到了最刻薄无赖的经理。工作了一段时间之后，经理就以我出生于内地为由，一点点地剥夺和压榨我最基本的、法律规定的福利。那个时候我学会了隐忍，咬紧牙关，挨到每晚十点下班，无视那些莫名其妙的训斥和欺侮，对公司里最要好的同事都隐瞒着自己的计划，直到经理帮我做好新一年签证的那一天。

我告诉她我要辞职。她说："你要是辞职，14天之内就要离开香港！"威胁的语气里带着难以掩饰的优越感。我说："我是毕业留港，还可以留下来慢慢找工作。"经理歇斯底里的声音响彻整个办公室。

我的直属上司微笑着对我点点头。

是的，我是希望留在这里，但要有尊严地留在这里。签证很重要，却不能任由它凌驾于一切之上，而忽略了自我的价值，轻视了这座城市求贤若渴的态度。我应该得到更多。

那时候，父亲退休了。我开始考虑把父母接过来候鸟式居住，夏天在北方，冬天在香港——这就意味着我不能与别人合租了。而在香港生活，最大的一笔开支就是住房。我那时候还在和第一份工作的"邪恶势力"斗智斗勇，没什么钱。最后，我选择了租房。

一栋没有电梯的公寓被分成三套独立的套房，我们住在其中一套，里面有小得转不了身的厕所和开放的厨房。我妈睡觉的地方，头顶就是做饭的锅，而我如果不踩着我爸妈的床迈过两个人的身体，就出不了门。

可奇怪的是，那是我特别开心的一年。

我妈有时候会在我们两室一厅的家里回忆："为什么那个时候不觉得挤，还特别高兴？"

那时候，我们开始长期在香港一起生活，平生第一次，父母反过来投奔我，让我供养他们，这份用尽心血培养我而终于得到回报的喜悦无可复制。我也在那时找到了我现在的工作，工资大幅增加，第一次被派去欧洲开会，这是比我资深很多的同事都没有的机会。我还记得，有一次回到家，因为刚爬了楼梯而气喘吁吁，等喘匀了气儿，我平静地告诉爸妈，我升职了，涨薪了。

妈妈一头扎进床上的被子里，手舞足蹈得像个小孩："我脱贫了！我这辈子终于脱贫了！"

这座城市给我们局促，更给我们希望，人住在出租屋里，可前路一片明亮，怎么会不高兴呢？

我就这样不断地搬家，越搬越大；不断挑战新的项目，工资也稳步增加。而我还想说的是——这座城市里有我的青春。

三

我发现自己是个舞痴。

自认为人生最辉煌的一刻，是和大学同学一起站在人民大会堂的舞台上——本来我是台下的组织者，那时，我看着他们练舞，就哭了起来，最后站在了队列中。我一直觉得如果工作了，就不可能再上台跳舞。但现在才懂得，如果是真心喜爱，人生永远没有不可能。

2009年年底，放假后百无聊赖又发胖的我像无头苍蝇一样冲进了一个完全陌生的领域：cosplay舞团。

把偶像的舞蹈、服饰、发型和风格完全模仿下来，然后再呈现给观众，这就是偶像cosplay，三次元的真人比二次元的动漫角色更难模仿。如果你不接触这群人，永远不会知道原来还存在着如此庞大的群体，认真地做着这样的活动。

那个时候，我在网上找到这个濒临解散的舞团，小心翼翼地问招新要求的年龄，负责招人的女孩回复说："嗯，最大22岁。"我说："哦，那我超龄了，谢谢你！再见！"她说："你等等，我们太缺人了……"

后来，我发现自己的团友全都是中学生！

很快我又发现，和在内地的学校带着拿奖的任务跳舞不同，这里的一切努力，只与兴趣有关，只与对偶像的爱有关。

我大学的时候也喜欢过"早安少女组"，中学时还幻想过加入青春美少女组合，可AKB48对我来说实在有点儿遥远。但当了解了她们励志的、帅气的、可爱的舞蹈之后，小时候的偶像梦又回来了。舞蹈的魔力倾注于每一个音符、每一个动作、每一个走位，对舞蹈的喜爱，让我忘记了年龄和身份。

可是，和一群叽叽喳喳的小女孩相处真的是个问题。我小心翼翼，慢慢探寻这个圈子的规则。一开始，比我小7岁的队长给了我一条很短的裙子，然后告诉我她们都穿这样的。我只好用自己的方法凑合着改，比如拉长上身来补下身，比如把裙子缝在打底裤上防止走光……

虽然样子并不体面，但我还是把自己的第一场秀撑下来了。

很多人会问我，为什么要和一群小孩去做这样的事，还要受委屈？其实我也不知道，只是单纯的喜欢，想跳舞，而开始了就不想中途停止。

不知道从什么时候开始，我们的舞团在圈子里越来越有名气，我找到了擅长扮演的角色，拥有了很多支持者。也不知道从什么时候开始，我与队员们真正地融合到了一起。她们叫我站在中间，扮演队长的角色，因为我喊口令最有气势。

当然，队长还是那个队长，她还会对跳错或者迟到的我发脾气，只不过遇到什么事情，她开始会偷偷问我的意见，可能因为我是团里年纪最大、经历最多的那个吧。

我们的名气越来越大，接受采访，上杂志，胃口也越来越大。

2011年年末，我们准备了8个月，只为赢得一场重要的比赛，如果赢了，就不只是口口相传的无冕之王，而是真正的第一了。比赛前一晚练习时，我穿上了比赛用的高跟靴子，结果不慎滑倒，膝盖错位，十字韧带撕裂。疼到全身颤抖的我竟然自己一点点挪到街上打的去看医生。不是没人关心我，只是我不忍看见队友们那担忧而绝望的眼神。舞蹈室的门关上之前，我跟队长说："你放心，我明天一定会上台。"其实那个时候，我根本不知道自己行不行。

我因悔恨和失落痛哭了一整晚，在支持者专页上给全队和支持我们的人道歉，没想到收获了百余个暖暖的问候和祝福。

我跟自己说："即使腿会断，即使会有后遗症，我明天还是一定要上台！"无视医生奇怪的眼神，我坚持说："绑紧点儿，我一会儿还要跳舞。"

我做到了，可我们输了。几个人在舞台上哭成一团，从此，我们之间好像有了一条无形的纽带。能够一起成功固然最好，能够一起失败、一起痛哭才是特别的缘分，是可遇而不可求的。

那次受伤让我近一年没法正常走路，现在跑多了膝盖还会酸。

可是，有一次舞团接受采访，大家提起这件事，记者问我有什么忠告要给现在的青少年，我还是郑重地说："不要做令你后悔的事情，如果那天我不上台，我会后悔一辈子。所以，如果你有青春，尽情地挥洒吧。"

当年的中学生很快上了大学，有了其他的寄托。我们在柴湾青年广场举办了属于自己的毕业演出——最后的演出，我们穿上婚纱，跟这段美好的时光告别。我是一个眼浅的人，不太能用粤语确切地表达心意，抱着鲜花，只是默默地对自己说："我太幸运，我在香港遇到的，都是对我好的人。"

之后不久，我们又组了另一个舞团——只要是人生中真正喜爱的，就永远没有谢幕的时候吧。

就是这样一群小我一截的香港女孩，成了会在男朋友向我求婚时突然出现在我身后的最好的朋友。

是的，我准备结婚了。对象是香港人，我的同学。我们在一起5年了。

我们经历了家长反对，一起奋斗，直到成功的整个过程。

四

香港和所有的城市一样，有着它的好与坏、激情与无奈。

有时候，走在香港的街道上，我会不由自主地抬头看万家灯火，密密麻麻、高耸入云的住宅楼，人们被禁锢在一个个星火一样渺小的窗口里。这点点灯火中，什么时候才有小小的一盏，是属于我们两个的？有时候，我这样安慰自己："都知道香港好，所以房子就贵。"香港就是这样一个地方，人们有钱买最好的日用品和食物，却没有钱住一间足够大的房子。

话说回来，香港已经和我来的那年大不一样了。现在，会有一些根本没来过或是对香港仅了解皮毛的人不断地告诫我："香港不行了！香港好乱的！"

我也只是笑笑，然后沉默。如果你不把这里当成家，你永远也不明白她的好。在这里的每一刻，心是安定的，公共交通准时、方便，食品会满足你对安全和美味的要求，医疗服务会让你觉得安心，哪怕晚上蜷缩在狭小的公寓里，依旧睡得安稳。

而我已经带着全家选择了这里，因为这里有我的爱情、我的青春、我的朋友、我的事业、我的大家小家……我对家乡的印象，是遥远的童年和繁重的课业，从来没有一个地方，像香港一样给我这样的归属感。

一次在车上，朋友把耳机递给我，叫我听首歌，那是一首我没听过的歌。听到中段，我突然泪流满面。

那首歌叫《北京北京》。

朋友吓坏了，说你是不是想家了，听到北京那么伤感。

我说不是的，只是这首歌对我来说，就是《香港香港》——

> 我在这里欢笑，我在这里哭泣。
>
> 我在这里活着，也在这儿死去。
>
> 我在这里祈祷，我在这里迷惘。
>
> 我在这里寻找，在这里失去。
>
> 香港，香港。

即使有时候你会让我觉得无力，我依然不会离开你。

在这儿我能感觉到自己的存在，这儿有太多让我眷恋的东西。

家有笨妻

傅小叨

前尘往事，历历在目，只可惜，当时年轻的我一叶障目。都说恋爱中的女人智商为零，其实恋爱中的男人才是睁眼瞎。

我越来越觉得，我的老婆是个"笨蛋"，真的。

这事其实早有端倪。比如，我和老婆是大学同学，一起在大学待了4年，但直到毕业，学校里有的楼老婆还不知道在哪儿，我们的学校真的不大啊！

我答应她卸载《魔兽争霸》，于是，我当着她的面，把桌面上的快捷方式删掉了。"你当我傻啊！"她怒吼道，然后迅速抓起鼠标把回收站清空了……

前尘往事，历历在目，只可惜，当时年轻的我一叶障目。都说恋爱中的女人智商为零，其实恋爱中的男人才是睁眼瞎呢。

而这一切，才刚刚开始。

请客

谈恋爱的时候，我们一起出去吃饭。我把钱递给收银员时，她冲过来一边大喊着"我来付，我来付"，一边掏出钱放在收银台上，然后从收银员手里抢回我刚才给的钱，和找零一起装进自己的钱包里。整个过程中，她全然不觉得哪里有问题，还觉得请我吃了饭，开心得要死。

学车

结婚后，我们一起报了驾校。老婆报了自动挡，我报了手动挡。

驾校教练拍着胸脯说自动挡好学，适合女生，一个月就能拿到驾照。

"手动挡嘛，拿到驾照可能慢一点儿，"教练特会说话，"没事，正好陪陪你媳妇儿。"

可没想到，一个月后，我顺利拿到了驾照，而我老婆则晚了一些——四百多天而已。

考试

准备驾考的这一年半，老婆深受打击，我也跟着提心吊胆。第一次参加科目二考试那天，我接到她的电话。电话里，老婆哽咽着跟我说自己考试挂了。一切都在意料之中，我赶紧安慰她："没事的，好事多磨，下次注意点儿就行了，科目二挂的人多了去了。"

几个月后，老婆第二次被挂。这次她没给我打电话，也没对我哭，却对另一个人哭了，那就是她的教练。事后老婆回忆，她走出考场时眼泪汪汪，弄得教练敢怒不敢言，还一个劲儿安慰她："又不是高考，你哭什么？"而当老婆终于顺利考过，兴高采烈地给教练发短信报喜时，教练只回了两个字："谢谢！"

路痴

当老婆历经九九八十一难，终于拿到驾照，开车上路之后，我对"路痴"和"女司机"有了更深刻的理解和认识。

老婆拿到驾照之前，我已经开车接送了她一年，可是直到她自己开车，她还是不认识上下班的路，不知道应该在哪个路口转弯，在哪个路口下环线。有时候，她还特别无知地问我前面的车闪灯是什么意思，我说那是转向灯。结果，她特别天真地来了一句："原来车灯会说话呀！"我顿时一头黑线，真怀疑她的驾照是不是考官可怜她才给她的。

有一次，我们一起听广播，主持人讲笑话，说如果大晴天看到女司机打开雨刮器，就说明她要变道了，我当时笑喷。后来，当我心惊胆战地坐在她边上，看她开车变道时"啪"一下打开雨刮器时，我才知道，原来笑话真的来源于生活，甚至，远不如老婆让我见识的生活。

老婆开车之后，我才知道有一种认路方法不是看路牌，而是看周围的大楼和花草树木的样子。天哪，你咋不让小鸟在前面带路呢？！

情商堪忧

现在流行说情商，老婆的情商可以被十几岁的小孩子轻松碾压。

我曾兴高采烈地给她讲我的一个哥们儿的女友是如何捍卫爱情的，让她学着点儿，做个聪明的女人，不要总是对我凶巴巴的。话说那个哥们儿当时与一个长腿妹子一起合租，孤男寡女，天天共处一室，这不明摆着让人犯错吗？他的女朋友当然不会坐以待毙，但是人家并没有冲过去逼着我这哥们儿赶走室友，那样显得自己心胸狭窄气量小。讲到这里，我问老婆："你猜她是怎么做的？"如我所料，老婆懵懂地摇头。我继续眉飞色舞地说起这位高情商姑娘的解决之道：她非但不吵不闹，还对我这哥们儿更好了，不仅对男朋友好，对本是"潜在情敌"的长腿妹妹也好。她一有空就跑去帮我哥们儿收拾屋子，还带去一大堆零食，大方地分一些给长腿妹妹。不仅如此，她还拉着长腿妹妹跟他们一起去看电影，大大方方地让长腿妹妹当"电灯泡"。

结果，不出一个月，长腿妹妹就知趣地自行搬走了。我讲得唾沫横飞，心想这下老婆会有危机感，该反思一下她平时不该对我凶巴巴的了吧？可是，老婆眼神迷茫地来了一句："她为什么搬走啊？"我瞬间喷血。原谅我，我应该想到的，以老婆的情商，换作她一定不会搬走，还傻乎乎地以为人家真把她当闺密呢。

没发挥好

老婆是我见过嘴最笨的人，不管有理没理，我都可以两句话把老婆说得词穷，然后看她在那里气得想骂人却想不出合适的词，这让我有一种打游戏赢了的快感。不过，快感很快就会被痛感所取代。我常常在睡梦中被老婆兴奋地吵醒。"地震了吗？"我惊魂未定地问。然后，就听到她兴奋地说："我想到了，刚才吵架时我可以这么回答……"我真恨自己刚才嘴贱，逞一时之快，却不料后患无穷。